青芥人生

王柳云 著

北京时代华文书局

图书在版编目（CIP）数据

青芥人生 / 王柳云著 . — 北京：北京时代华文书局，2023.5（2023.9 重印）
ISBN 978-7-5699-4968-1

Ⅰ . ①青… Ⅱ . ①王… Ⅲ . ①随笔－作品集－中国－当代 Ⅳ . ① I267.1

中国国家版本馆 CIP 数据核字（2023）第 069201 号

拼音书名 | QINGJIE RENSHENG

出 版 人 | 陈 涛
图书策划 | 陈丽杰
责任编辑 | 陈丽杰　袁思远
执行编辑 | 王立刚
装帧设计 | 熊 琼
内文设计 | 段文辉
封面摄影 | 张京石
责任印制 | 刘 银　訾 敬

出版发行 | 北京时代华文书局 http://www.bjsdsj.com.cn
　　　　　北京市东城区安定门外大街 138 号皇城国际大厦 A 座 8 层
　　　　　邮编：100011　电话：010-64263661　64261528

印　　刷 | 河北环京美印刷有限公司　电话：010-63568869
　　　　　（如发现印装质量问题，请与印刷厂联系调换）

开　　本 | 880 mm×1230 mm　1/32　印　张 | 8　字　数 | 180 千字
版　　次 | 2023 年 7 月第 1 版　　印　次 | 2023 年 9 月第 2 次印刷
成品尺寸 | 140 mm×210 mm
定　　价 | 56.00 元

版权所有，侵权必究

杏花村　布面油画　60 cm×40 cm

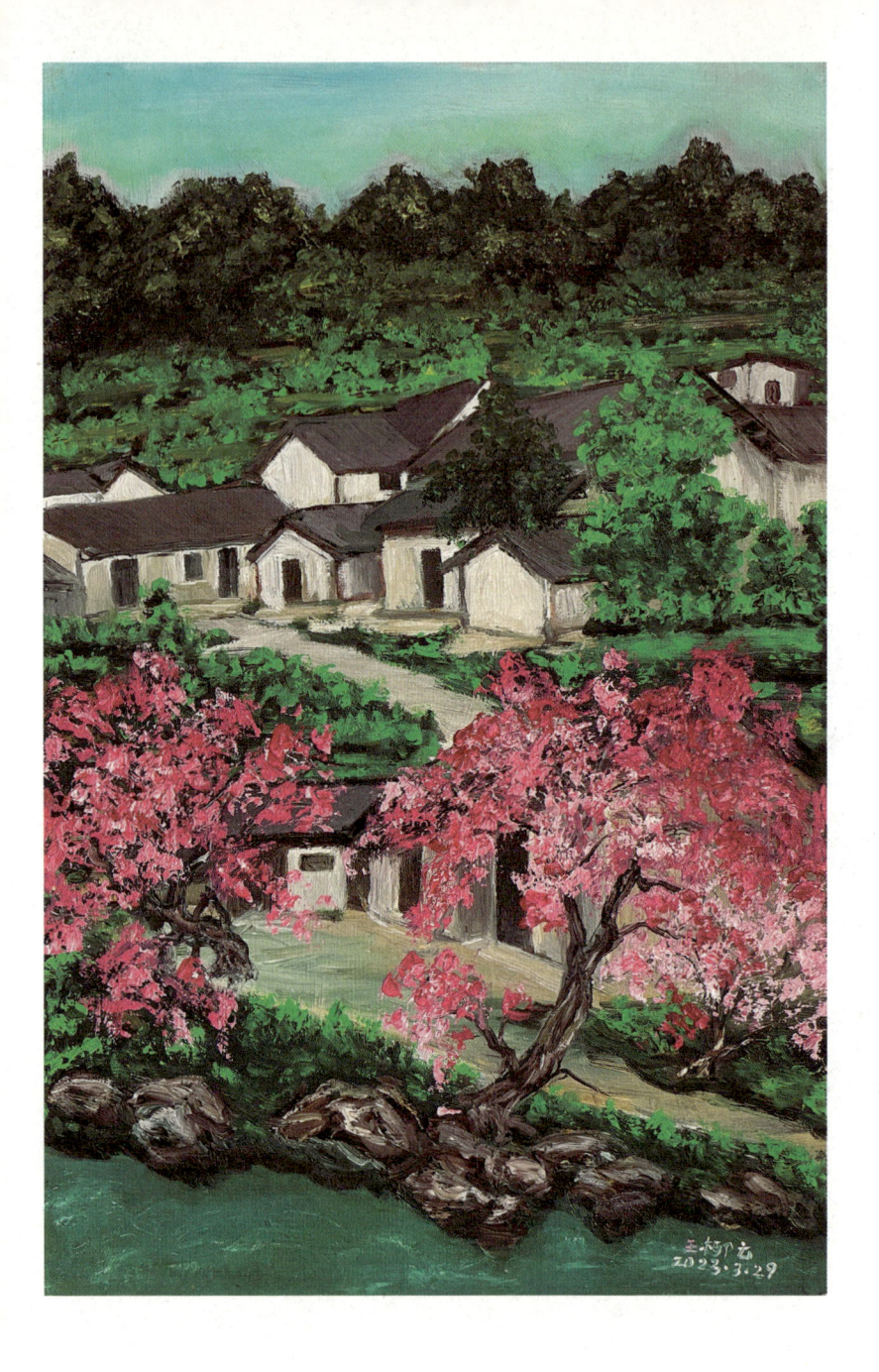

春日胜景　布面油画　40 cm×60 cm

在花田相遇　布面油画　30 cm×39.5 cm

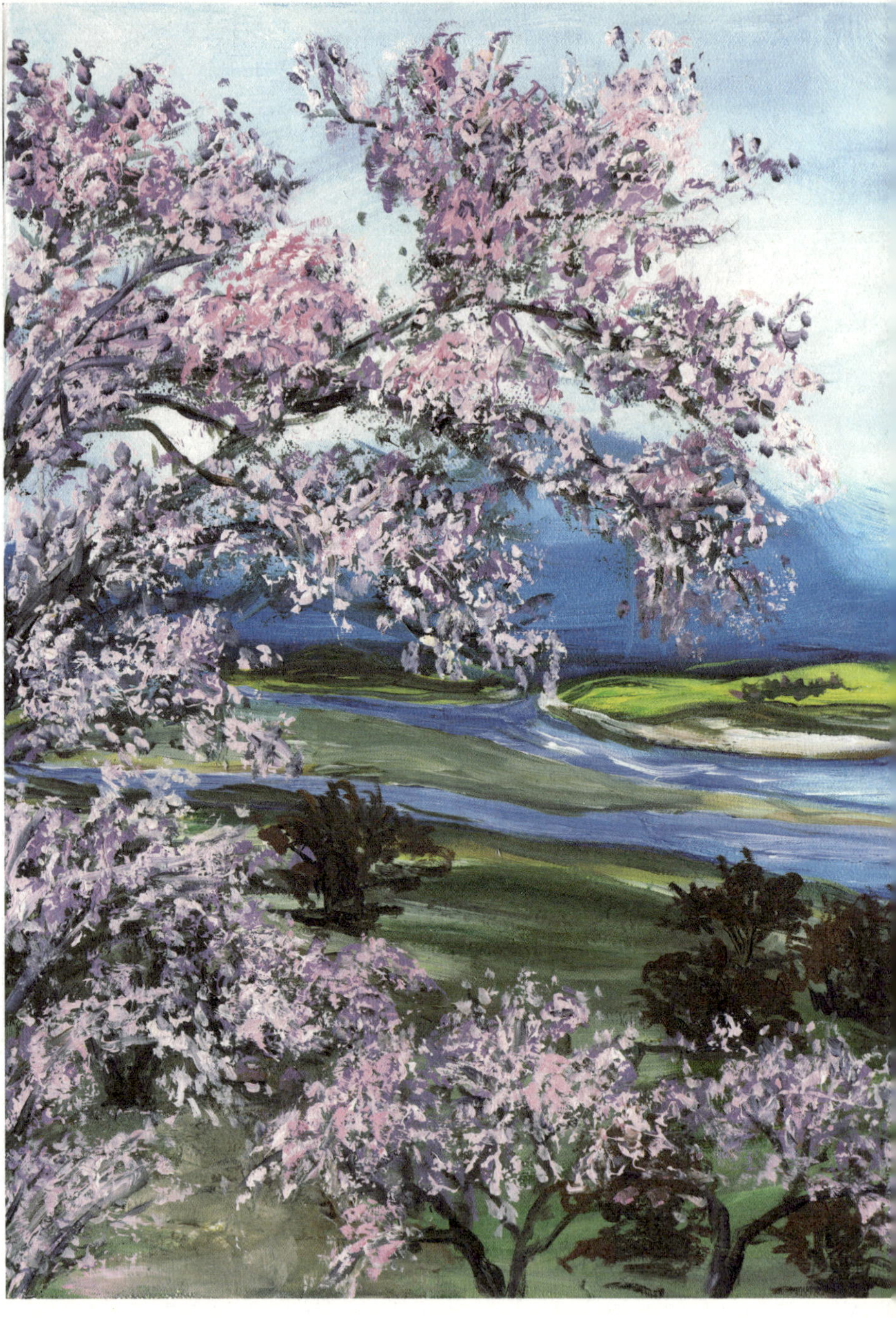

春天的样子　布面油画　60 cm×40 cm

远方有多远　布面油画　30 cm×39.5 cm

山居　布面油画　30 cm×39.5 cm

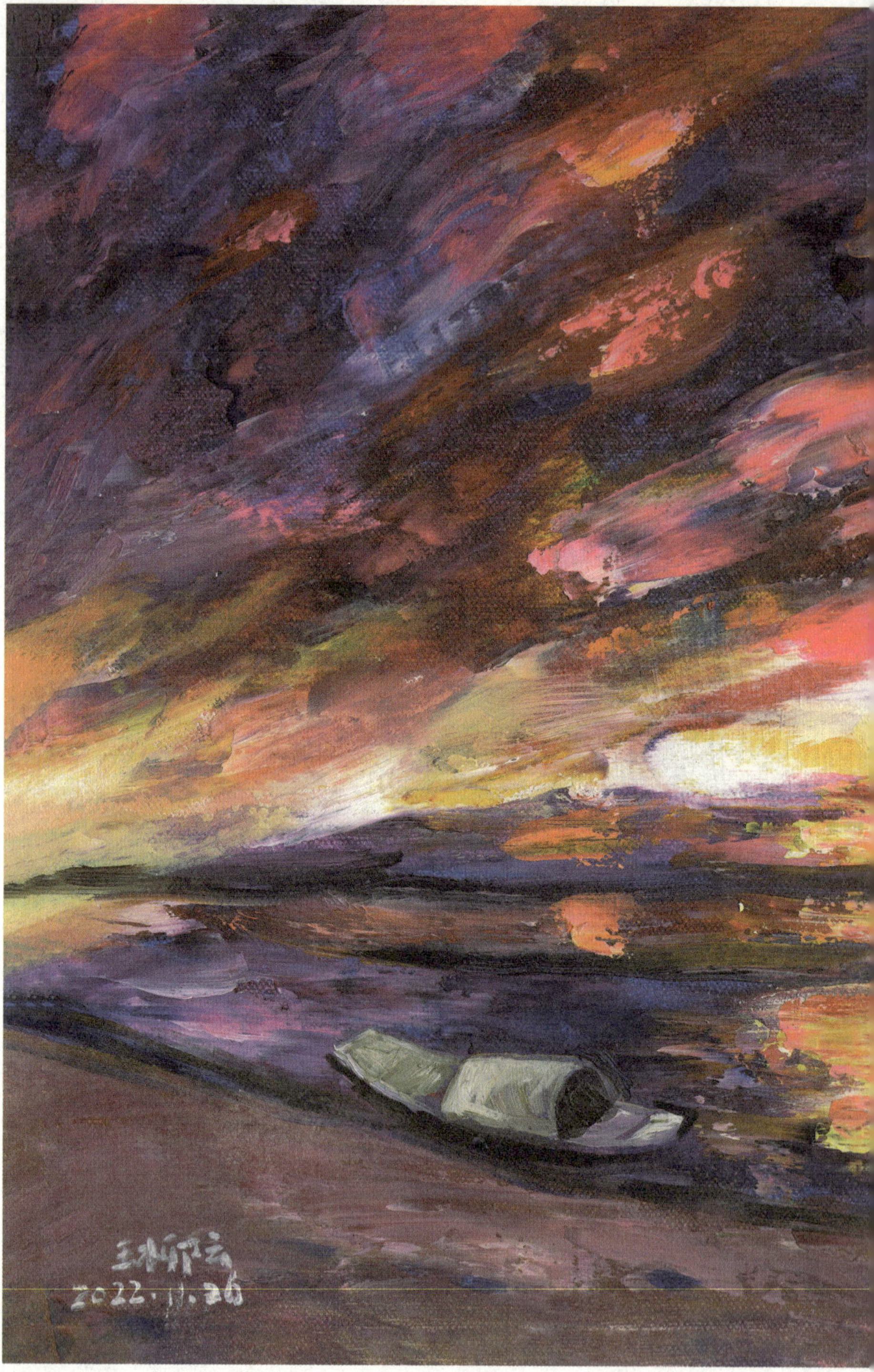
2022.11.26

绚烂　布面油画　60 cm×40 cm

弯弯曲曲的人间　布面油画　60 cm×40 cm

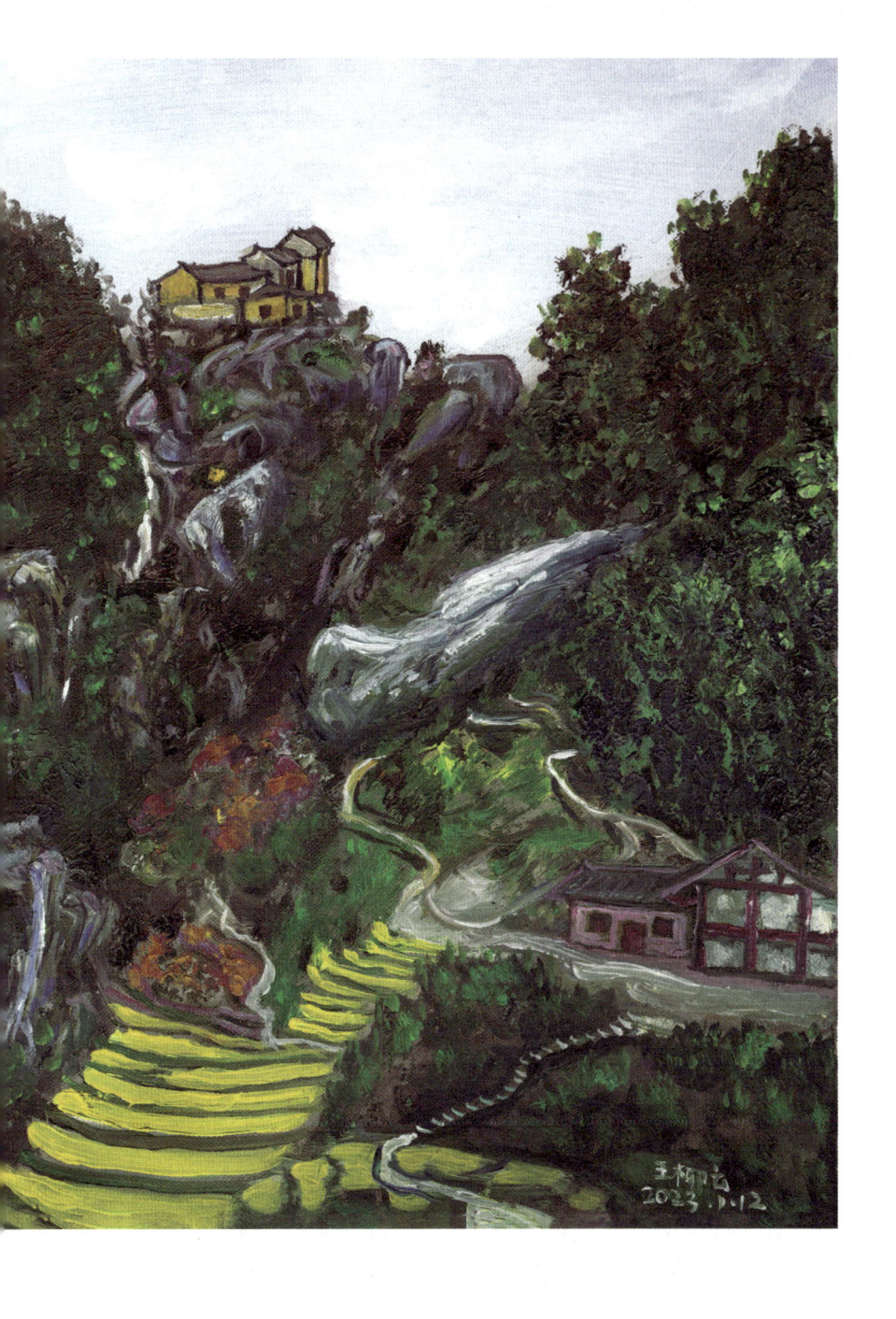

崖上人家　布面油画　30 cm×39.5 cm

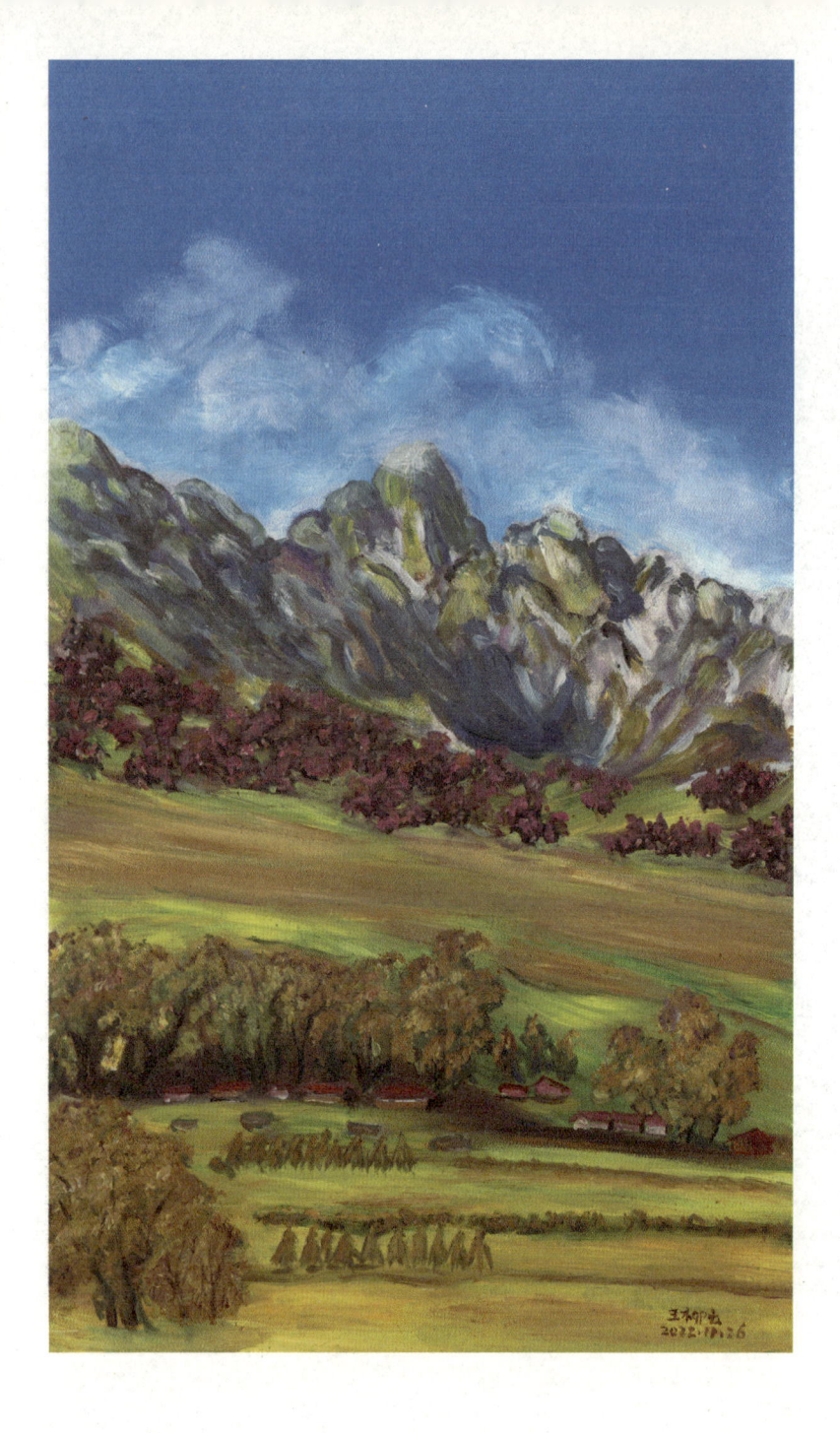

红黄蓝　布面油画　30 cm×50 cm

静谧 布面油画 60 cm×40 cm

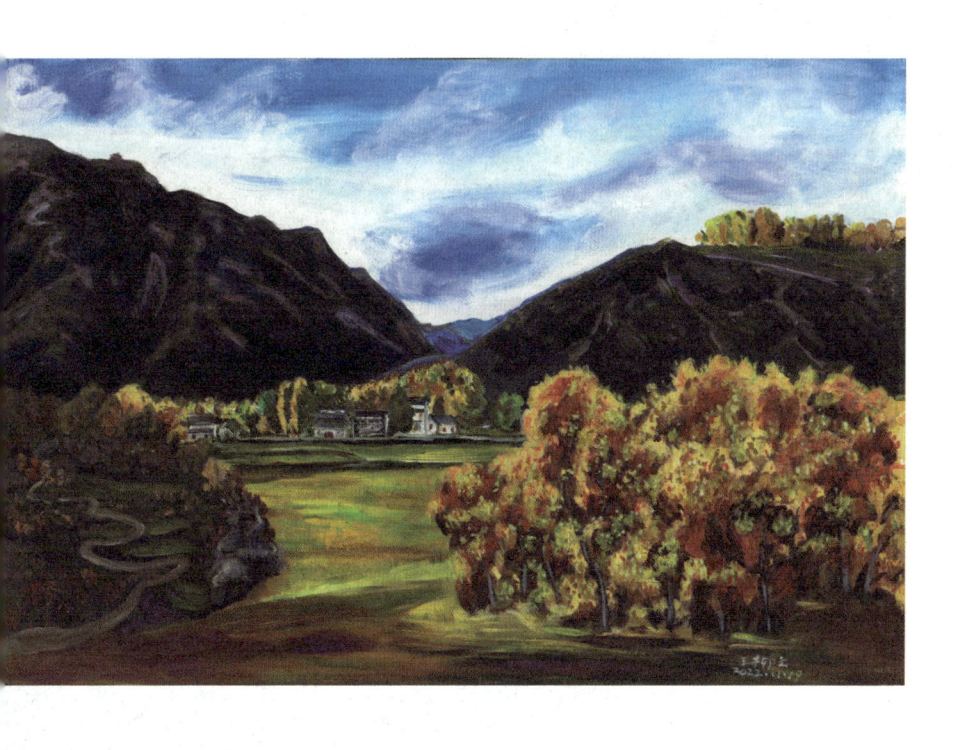

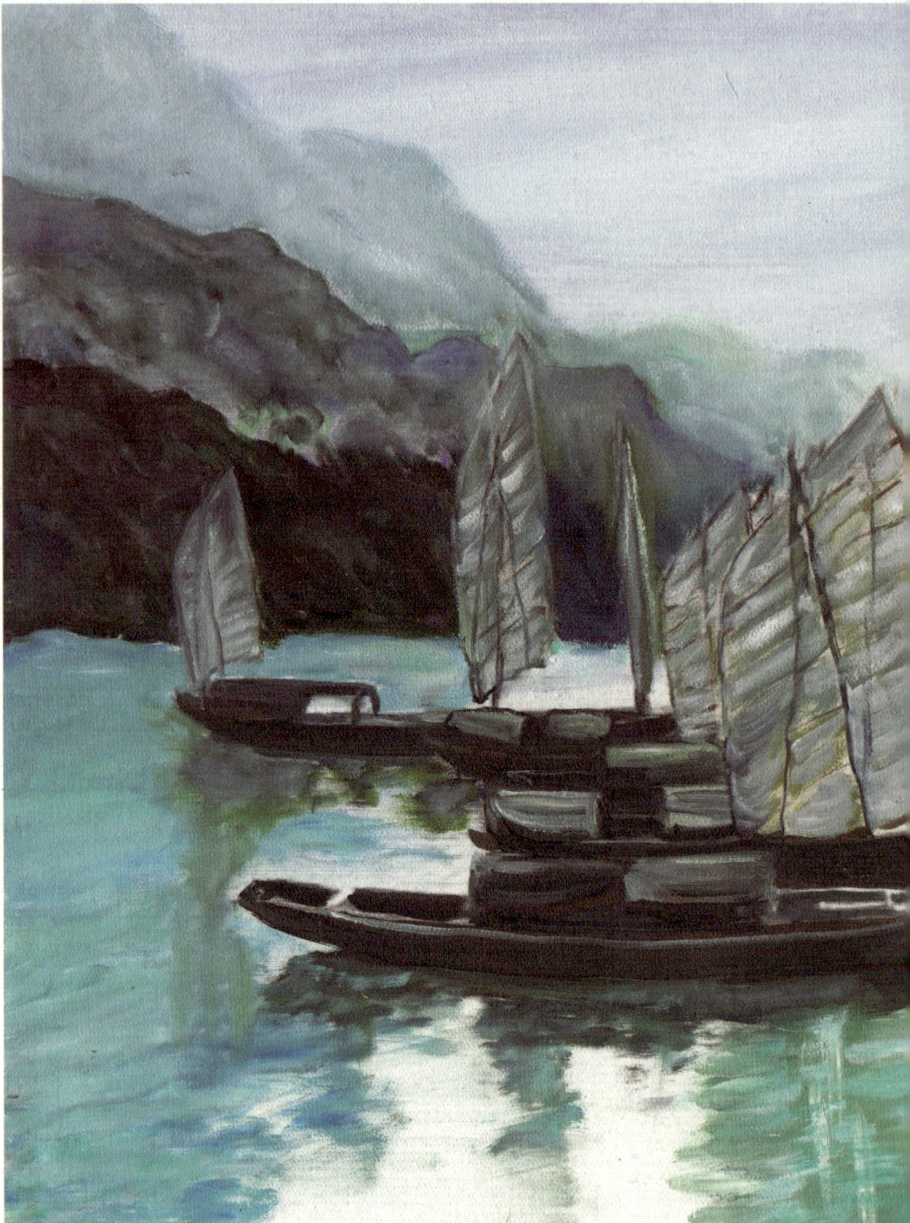

扬帆　布面油画　60 cm×40 cm

小院　布面油画　60 cm×40 cm

父母老了　布面油画　30 cm×50 cm

洗菜　布面油画　30 cm×50 cm

其乐融融　布面油画　30 cm×50 cm

开会　布面油画　50 cm×30 cm

家庭关系　布面油画　50 cm×30 cm

老家　布面油画　30 cm×39.5 cm

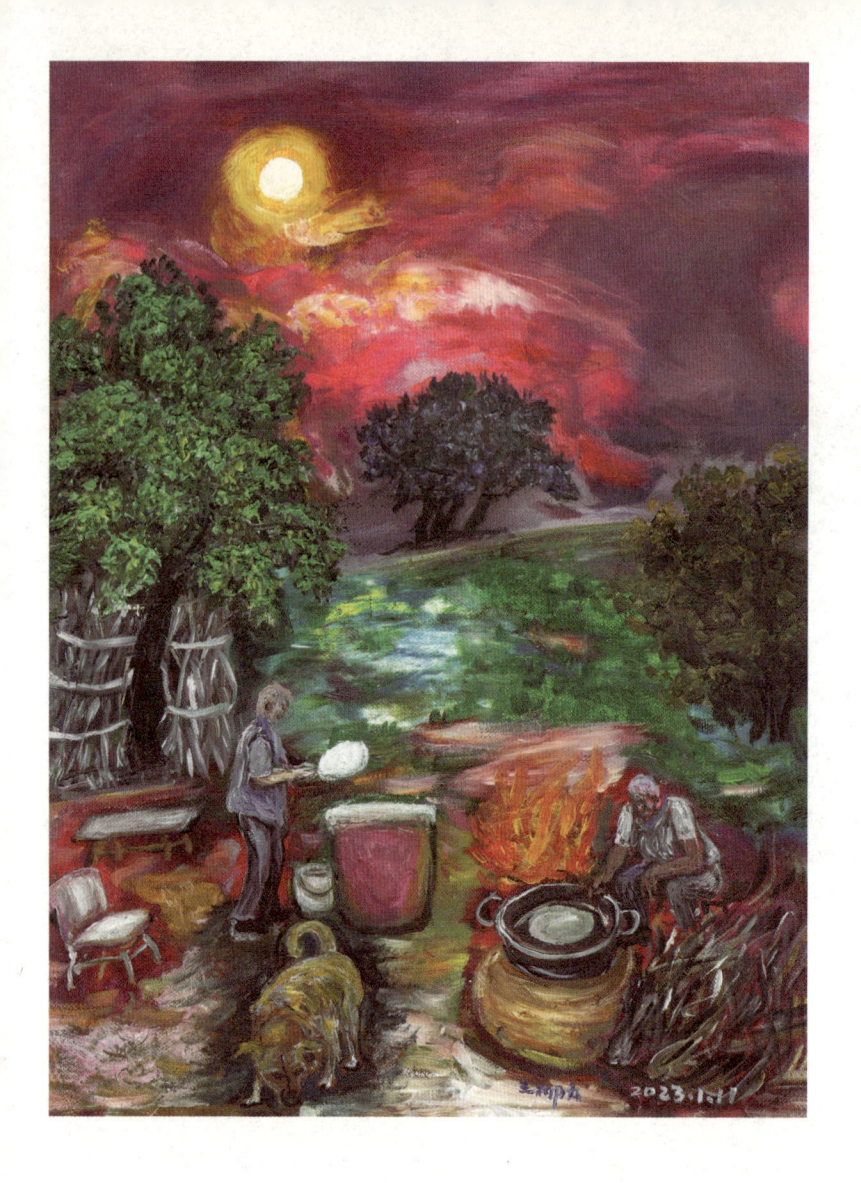

日常　布面油画　30 cm×50 cm

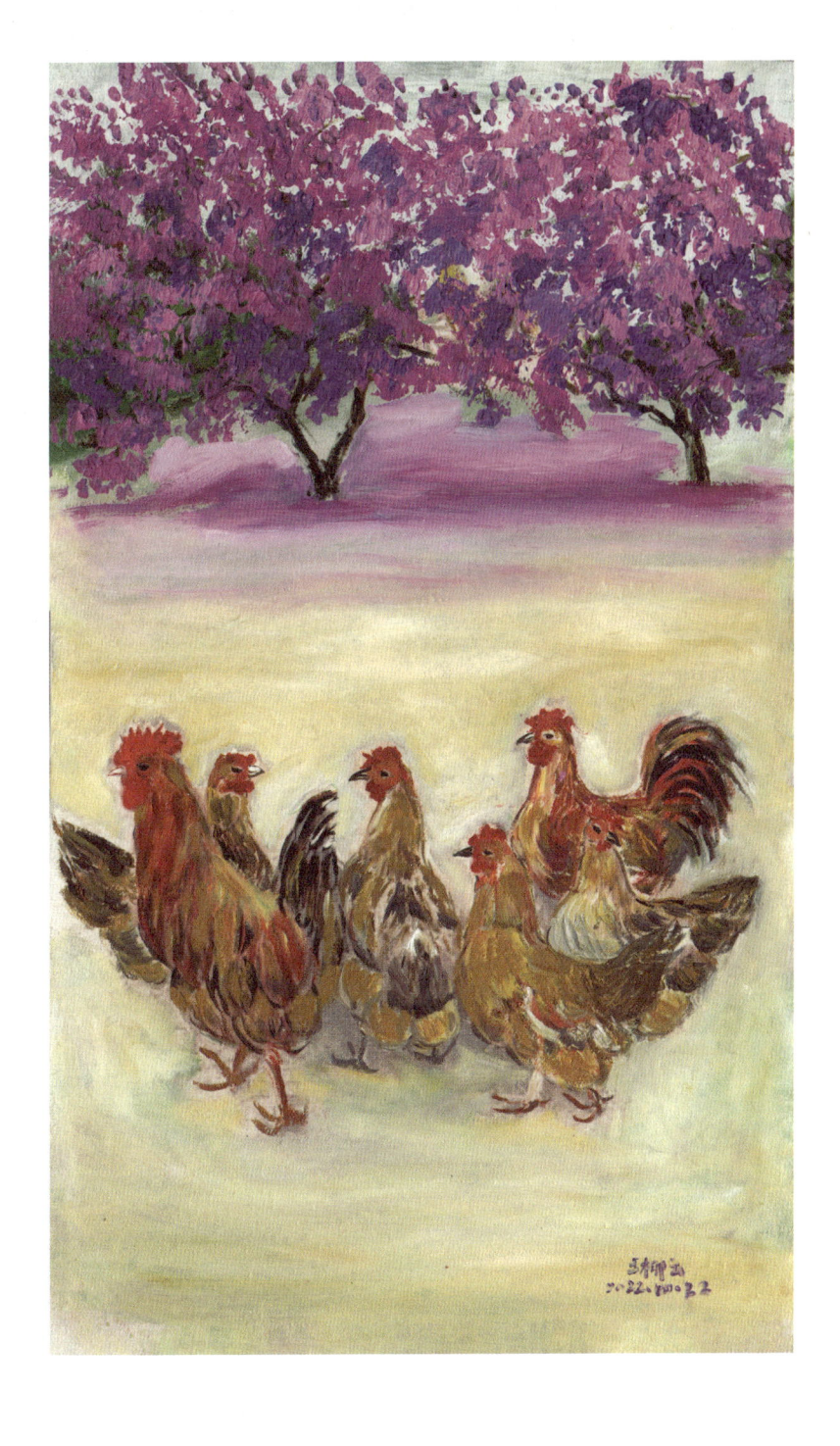

雪岭　布面油画　60 cm×40 cm

苍茫　布面油画　60 cm×40 cm

村雪　布面油画　39.5 cm×30 cm

序　言

我们湖南人把那些自以为可了不得的人称为青萝卜，意思就是不过平凡而已；又称那些关系非常紧密的人为榨脑壳，意思是那群人可以像一棵青榨菜的球茎那样多个头一条根一条心。

青萝卜、青榨菜，指的都是青芥。

青芥在深秋未长成时，便欣欣然等待施与，脚下的叶被剥掉它又长新的。可是秋霜冬雪轮番降来一再把青芥打趴下，它似乎晕得难受，蔫巴的生命似乎已不在，而一旦太阳升起，阳光亮闪闪射来，它被一丁点儿暖意端住，它根的灵魂又唤醒生命。它的目光艰难地穿越长空，在西北风里徐徐抬升自己，立于尘世。

霜雪一再霸凌，一再折磨，它一再昂头迎着寒冷，剔除懦弱，所有的叶片撑开，欣欣向荣。

这就是青芥，至少我认为它更贴合我的人生。它如此平凡，平凡到不被想起，但它又内含辛辣、倔强与坚毅，去病抗逆为家常便饭，由来那么简单且执着生生不息。

我对于世人，对于年轻的朋友们也是如此期望，不可被妄念遮了眼，不可被昏庸锁住了心，而是要平凡地、简单地、优雅地活着，别做精英主义的痴梦，别往思维里塞高于一切的垃圾，往前走。

要知道，地里无私的青芥养育了多少代人的生命，它已传世几千年，也正随着时空走向永远。

我的学画之旅

想学画就去学画——002
开始画吧——005
大学毕业了——012
画画的意义——016
生活已让我活到死心塌地——020
形形色色的画友——022
我唯有改变自己——024
一次骑行之旅——026
画画能养活自己吗——029
我不是艺术家——032

从渴望生活到学会生活

平淡而琐碎才是生活——048
生活中的苦别把它当回事——053

让行走成为一种生活状态——056
读书就是为了明理——061
唯有玩是人生大事——068

我们教育孩子，也被孩子教育

孩子一出生便是父母的老师——074
女儿是我今生最得意的学生——082
父母是孩子无形的榜样——086
为人处世的原则——091
孩子是孩子，父母是父母——095
唯愿她岁月静好——099

社会角色与自我价值

我所理解的独立女性——102
婚姻中的女性角色——107
在婚姻里女性必须独立——116
打不倒你的会让你更强大——121
学会宽容，有独当一面的能力——124

如何平衡自我与他人

首先要做强大的自己——130
人一定要不断反思和学习——133
由别人去说吧,做人要大度——137
家庭教养很重要,人生规划更重要——143

如何规划自己的人生

我想安排点儿喜欢的事消磨时光——150
在自己的心里种下幸福——152
过好每一天,一天解决一天的问题就好了——155
简单且凡实,是我理想的晚年生活——162

爱只是一个方向,不是地点

爱只是一个过程——168
真爱确实有,不多而已——175
女孩们,既要努力挣钱,又要头脑清醒——180

做人的智慧

我们应该有灵魂地活着——188
扎扎实实地做人——194
高贵的孤独——197

接近每一种美好

什么是审美——202
在读书与亲近自然中提升审美——210
多游历，对美的理解会更丰富——213
自己设计衣服——219

我的学画之旅

我学画的样子，是稿子我
到了一种描绘孤独的办法
用颜色染色的孤独 看上去
是一种孤独或几种孤独
的样子

想学画就去学画

村庄朝东，一条小溪打宁海县桑洲镇的山间流来，由西向东。徐霞客几百年前就曾沿溪上行抵达桑洲镇，翻山越岭由高枧村去往天台仙境。

海潮每天涨一次，与溪水混为一摊。退潮时，经过笔架山脚一拐，入大海。在遥远的新化老家，我出生的房屋朝向正南，奇妙的是对着一座叫笔峰山的山，那座山远远地呈黛青色或雾霭色。少年时为了弄明白这种神秘天色，我反复步行几十里抵达笔峰山脚，观色变。之后很多年没干这种事儿了，可内心仍眷念。但几十年来生活窘迫，忙碌得连太阳都没抬头看几回。

2017年，我女儿已大学毕业养活自己，我也还清了装修房子欠下的所有债务，觉得可以尝试改变一下活法，想去杭州学点做小吃的技艺摆个早点摊养活自己。

但去之前想先去福建省屏南县双溪镇一趟，那里有个画场，免费教人油画。我迫切想去看一下这种高贵的艺术怎么就平凡人也可以学。我只看一眼就满足了，我想。

我对丈夫说:"出门旅行一趟,大半生圈牛似的为这个家耗费心血。"我这位同床很利落地答应了,说:"对啊,你早该出门散心的,这个家委屈你了。"他是那种温性子的人,没主见没成见,一切都愿意以我的意志为转移,同时对我十分信任。

一出门,突发奇想,我已经五十一岁了,还从来没去过北方啊!北方是个什么景象呢?打开随身带的地图册,江苏泰州——这应该是北方吧,是梅兰芳纪念馆所在之地,其实与我八辈子无关,但我既决定去北方,泰这个字很讨吉,去吧!打杭州买张最便宜的火车票咣当咣当到南京,农历二月,果然已冷了好几分。然后打南京买张长途汽车票去往泰州,很近,但天色阴沉,途中雨寒,下车时竟冷得发抖,因为我衣服穿少了。

果然不同于南方,这里天色空旷且灰暗,原野上草才萌出绿意,风吹得有点儿冗沓,马路非常宽阔,我感觉路面可能直接抵我们台州一个村的面积,实在超乎想象。极少见山,车走过平川还是平川。下午两点后打南京出来,傍晚住宿泰州的一家小旅馆,次日去找梅兰芳纪念馆。

泰州,一座不大且温婉的小城,慢节奏。我起得太早,街上竟然人很少,空旷的街上满是旱莲花,粉紫的、深红的竞相盛开。好像唯独我是陌生人,他们全城人都相互熟悉似的,我一问路,都来回答,还殷切地送我一段路。末了都交代我一句话，泰州人全是好人。

是的，泰州人是世界上最好的人。我回答。

然后路人向我介绍："去老城古街好玩，梅兰芳纪念馆就一个房子，平日不一定开门，反正不如老街好玩。"北方人太实诚。于是，我在老街区逛了一上午，然后返回南京，又买张慢票，一路咣当着去福建看他们学画。当然我也渴望学画。

我本来打算去杭州学做早点，却如此大费周章绕行一圈，再去福建看人家学画，其实是被生活磨尽了所有骄傲只剩卑微——死心塌地的卑微。一再告诉自己看一眼也心平啦，可又闪出心跳，甚至想象以后带孙子的时光可以和他乱画几笔。

结果又记错了地址，卖票的指定火车只有到南平市的，没到屏南县的。于是我就到了南平市，打听了一番，根本没有免费学画的地儿，吓得我出了一身冷汗。祸不单行，我带的地图册因半途大雨浇透行李包，书染了包的黑色，字迹也看不出来。于是赶紧打电话让女儿查屏南县双溪镇，她快速得出结论，我才七拐八拐地在我的信念与兴奋被耗蚀得差不多的时候，于2017年3月9日抵达双溪镇。

开始画吧

屏南县的双溪古镇，属于闽西北的崎岖山区，很多大山坡度六十度以上，雄奇伟岸，有着大自然的原始味道，美轮美奂。我中午到达，下午两点便开始对着那盏只剩下旧底座的破马灯画画，以为有老师来教，可完全不是，是由你自己随意发挥地画！这也自由过分了吧，平生头回听到这种方法，但问题来得这么突兀我脑子空空发挥不出来啊。于是想起几十年前农村还没通电，家中唯一的一盏煤油灯优先给年迈的奶奶照明，我们则在月色中或直接在昏暗中摸索着吃饭。如果事情一定要赶夜做，那么拿这盏小灯来，捻子拧到最小，维持黄豆大的光亮，在那样的环境下，我爹编织一些歪扭无正形的竹箕筐篓以供家用；我妈使用双刀快速剁辣椒、大头菜、甘薯条，居然极少伤手，比杂技演员强多了。这种环境下锻炼出来的视力，让我四十岁仍能在月下阅读蚂蚁般的小字。

我眼前"创作的黑暗"似乎被回忆里的"暗中天光"离奇照亮。那盏为节省煤油而存在过的灯在此时此刻却大放异彩,照得我灵魂通透!似乎灵光乍现,我用熟褐与大红画出记忆中渴望的灯的光晕,一明一昏,像欲睡去,次第转换。

虽然是无奈之作,年轻淘美的助理老师来看时,却大加赞赏,说"境界很高"等金言玉语!如果是以前,我才不相信!这世上,这大半生,我从来就是垫底的那个,以我为标准,其他人再层层高级上去。几十年来,我的心早已由悲凉转而完全相信自己不是个东西,也不该是个东西。

可是现在却有人忽然一下把我赞到顶,虽奇怪,心里却有些不踏实的高兴!所以,学画的第二天,我起个绝早,走到双溪镇外的田园之上,内心感慨,多少年低头劳作,多少年已久违天空!

我仰头,看南方山区被混沌的雾笼罩的湿润天空,它直接浸染着我的身躯。太阳迟迟地迷幻地没有升起,东方山顶只堆积些稍亮的混色云霭。

就这么简单地一闪念,我忽然感觉换了一生。仿佛太阳并不关心是否照亮人间,它只是退回并悬于低空,从来没有落下,只为等待我看它的眼色,等着一再照亮我。

双溪镇油画场,由三栋六层高的连体楼房建构,无电梯,顶角外围砌封火墙,白墙青瓦,于远处山腰回看,以为是徽派建筑。这些楼本来是由一个本地在福州经商的老板返乡之后建成当商品房的,可是本地人去县城买地盖房或买套房也便宜且更方便,而且世居未迁的农民有宅基地可建高楼,造价不贵,干吗要买你这尴尬的商住楼。于是成了鸡肋,白糟践了这片金贵的平畴之地。

2014年年底,破产的莆田画商林正碌来屏南县,见散落于深山中明珠般的千年古村,想要让其重放光彩。为提高人气,他便打出人人可成艺术家的标语,吸引大众。果然,车水马龙,人流如织,很多人来了,学画一下,游山玩水一下,吃住一下,各自尽兴。林老师修缮古村,人工、材料、设计,严重缺钱,他得了"缺钱病",不得不向那些看上去衣冠鲜亮的人士化缘,每次得到三五十元至几百元不等,还回请对方在老街吃一碗汤面。

因为我从二十几岁开始到现在一直穿自己设计的衣服,出门在外气质不凡,以至于他刚见我时误以为是有钱人来了,可很快发现不对,好一段时间吊脸子拉不上笑容。不过这于我早司空见惯了。我是来看学画,遇见学画,留下来学画而已。说归说,毕竟林老师是大胸怀的人。我反复而详尽地观览一楼大展厅里的画,有一位叫小张的聋哑男孩画了幅农家竹箕,非常真实,每一片竹篾的织纹都被仔细画出来了。他在临街有一套供起居的大画室。但是这个极具天赋的孩子被他做小干部的母亲禁锢于此,指望他闭门造车成名成家,却不料数年间没有进步。

另一位小神般帅气的年轻人画了一幅老宅旧门板,连上面的油渍、尘埃、破纸符痕都画得真真切切。我一再伫立品味，对他非常仰慕。这位画家也得到一套朝东的大画室。他养活了一只被车轧得快殒命的流浪狗，为了这条狗，他致力于做土陶，买陶具，去山间采野生茶叶，然后把这些都拍成小视频，在网上卖小炭火炒茶。他很快与一位从福州来学画的幼教女孩走到了一起，此后再没画画。他的画室里挂了幅紫色辣椒素描。这也是后话。

第二天，我已经认识了一堆画友，助理老师把我们安排在一间很大的公共画室，我们同时对着一个破板凳、一个棕树头、一个破陶罐开画。这些我村里、家里司空见惯的东西，小时玩过家家时曾一再细看、抚摸、抠弄，于是城里人还在苦苦琢磨时我便很快画完并连板凳纹理与漆斑都一一画出了。大伙儿当着助理老师问我画了多少年了。我说是看惯多少年了，但到昨天才开始画。

那天我又对实物画了盆花和一顶农家雨笠。我心里生出底气，决定明天便挑战龙明生和小神，画更难的——去街上找块旧门板。

可第四天，当我早早起来搬移画架时，林正碌老师独自向我走来，温和地对我说："别画这零碎了，太浪费你的天赋了，今天，你要画对面那片山！"

"啊，"我太惊讶，问他，"这么大一片山，打哪儿下手，如何起笔呢？"

"画吧。"他仍温和却执拗地交代，没看我，直接走了。他太忙，忙于那些古村，忙于绞尽脑汁向各方要一点儿钱，以成全他助人的理想。

他的脚步远去，身影在东楼拐往老街。我得到使命般移画架朝东山，硬着头皮开始画。山峦迷幻的美，山脚菜田升起浅浅的灰绿的雾影。往上，山间各种巨树英姿飒爽地挺立于丛林之中，早春漫山的灌木浅绿迷离，杜鹃花次第盛开，远看如红云飘忽，又如紫星闪烁于山野，又杂有梯级水田绕于山腰，油菜如壁，尚未吐芳……大自然把它的美好展现得淋漓尽致，美不胜收，而我在那一刹那可谓悲欣交集，只为百般美景在眼底，笔尖难画出。

动手吧。

熟悉了几十年的田地，草色遥看朦胧绿，绿油油的菜地，灰白的土路，灰白色的山石旁巨树参天，简单的马路盘拐于山林，这些景物一一画出，还费尽气力画了个背锄头拎编织袋走向春田的农民。马路延至山顶又翻越山顶远去，还有小溪从山间流下。这么画着改着转眼黄昏已至，林正碌老师比我还渴望结果，打别的老村回来先来看我画得如何。他给画拍了一张照，说："画得好，只是你再想想，画里的农民有半座山那么高，难道是巨人在那儿耕田吗？"

他这一说，很多画友凑过来，说："呃呃，画了个花果山，又画了巨人猪八戒。"

我于是很痛苦，晚上一直修改，折腾着将巨人改小，夜深才睡。第二天一早，助理老师便来说林老师看过修改后的画，可以了。然后她把画拿去管理室保存，交代我今天再画。

我接下来两天又画出另两幅山景图，便觉得脑子被搜空，前路迷茫，再也画不出了。这时候林老师帮我在网络平台上把三幅歪扭的画都卖了出去。啊哈，我都已傻到够无奈的了，还有陌生人比我更傻哪。

五年后，我到北京，居然又有上海、成都的网友指定要我照最早那幅画重画一幅用来收藏，我非常虔诚地感动，于是又画起农家院子，鸡狗满场，院子前后有田地、山林。后来，我总结这种手法并将其命名为"笨白描"。

当时我五十一岁，只是想去看一下画画是怎么回事，心想那么高高在上的艺术光是见过也很美好啊。看完后便回家继续打工，可以向人炫耀我见过画画的场面。可是那几天之内有人买我的画，我马上改变主意——自己可以学好一二再去找活儿干吧。

于是我给女儿打电话，请她给我买油画的书，专门买风景类的。女儿非常支持，买了几大本厚厚的欧洲名家油画集，重好几公斤。我拿来翻阅，凡介绍年代、历史背景、人物名字的通通扫过，只关注画的色彩、取景、布局。从此，我豁然开朗——欧洲画家画小镇、木房子、河流、巨石，这些双溪古街上及村外，应有尽有。于是我马上去画老木屋、岁月沉疴的夯土老屋、沧桑的石板路、孤独的独拱石桥、年深日久的木拱廊桥……无穷无尽。当然，这仍然是一个痛苦与兴奋交加的过程。

看着自己每天画出不同的事物，我觉得生命被翻篇，很多纠缠我的思维与肉体病痛在沉浸于快乐的忙碌中被遗忘、被驱逐。奇妙的是，之前在厂里打工劳累到感觉双腿快瘫痪了，而现在四面爬山反而没了疼痛。就像换了一种人生。

我是那么没来由地爱恋所有河流、丑石、怪石、美石、苔藓、花草、蚂蚁、金龟子及天空中的云朵……但秀色山林、奇伟崖石与飞瀑对我来说太难画了。我反复看书，又反复去村落与山林对景照描，偶尔进步一点儿，就甘之如饴。

每当画画时，我都先分开想每一部分在自然环境下的真实状态，这些取材组成画后必须是浑然一体没有刀痕的，为此，每一次作画我都要反复修改。

大学毕业了

在我过往的五十一年生命里，匪夷所思的苦难与伤痛总对我纠缠不放，我早已不对人生抱任何企望，唯求站着生坐着死即可。在2017年，大多数人都用上了三五千至一万多元的智能手机，我身无余钱又无业务，连手机也没有，为了准备出门学手艺，才临时买了个一百多元只能打电话的手机。在屏南双溪学画区区几个月，得到全国各地网友鼓励支持，为交流方便，就叫女儿给我买了部五百元的华为手机。再遇到陡峭得无法到达的山时便可先拍照再回来画。

为了卖画，我很快在双溪镇农业银行开通了手机转账业务，这个更方便。有一次，好多地方媒体在报道画展时为我写的文字我不满意，于是我用了大半夜时间死磕学会了写文字、发送文字，并于凌晨四点发给林老师。

林老师居然醒着，回微信说："写好一点儿，你这没有标点符号，没有断句。"我压根儿没明白什么意思。

于是我马上重写，加上标点符号。后来画友们又教我在朋友圈发图与文字。但我没兴趣，因为我没有朋友，似乎多年来周围人不能与我平等沟通，那么我完全没必要与那些人结交。可这回天南地北一下"闪送"来一大堆朋友。

　　文字我一直只会写一段发一段,2021年年底一位在北京的才女给我开通微博后我仍只会写一段发了再写下一段,弄得全是鸡零狗碎。直到2022年春天收到一条信息请我写诗,那需要一句一行,我于是拿着手机去请教年轻人,他们教会我换行,写完整篇文字再发,还教会我往微博上发我的画并配文字。

　　当时我在福建学画没有如期回去,老家就风言风语说我跑了,说果然是像他们预料的,我同床这回要打光棍了。我家那位坐不住慌慌张张地来找我回去,但不久后我卖掉几十幅画,全村人又暂时闭嘴不说了。我家这位开心果似的四处吹嘘,他老婆如何了得,如何会赚钱。旁人素不把他当回事,懒得理他。当然更多的是见他老婆没跑掉有点悻悻。

　　而我,于此种种,早在去学画前,已不在乎了。

　　欧洲大师的名画集,我只能学他们的颜色、结构表达,这就够了。中国的地貌、植被、房屋是完全与他们作品里的不同的。有一位江西画友,是个女孩,买到一本讲解名家油画的书,却不肯借我看。有天趁她外出,我站在她的画架那儿花两个多小时快速读完那本书,又跑回我自己那儿立马把背诵下的要点手写记下。这点儿硬功夫全由我一生偷读书历练而来,孔乙己也比不上我。至今我一些处理画面的手法仍来自那本书。所以学习非常重要。

　　其间,我看见自己进步不大了,想起古人没书读,会千里会友与游历,就也想学学古人。早在2012年我已记下了深圳大芬油画村有很多画画的人，那时异常想去那里打工，顺道看看恁多人堆一块儿画都画的什么呢。所以当一位之前做广告设计的画友和丈夫打广东来，我便告诉她我想去深圳大芬村观摩。她对我很好，很关心我，于是她夫妻俩力劝我别去，说我这原生态的画法去那染缸会一下给染得面目全非的，然后她把我的想法告诉了林正碌老师。

他们三人又来反对我一回，我终于没去。但我接下来的时间一直画不出更好的画，思维走进死胡同，那已是深秋至冬的时节了。我痛苦地煎熬着，思索着离开此地，想回去打工另作打算。

但隆冬某天，鹅毛大雪飘飞。一位安徽阜阳姑娘，她没钱却酷爱游历，傍晚到我的画室问路找林老师。我俩一见如故，我留她吃饭，相谈甚欢。她直接说："姐你必须再学习。"我一下子感动到流泪，是的，但去哪里学？

她提出去深圳大芬油画村！啊！好呀！

她回阜阳后，来年即2018年初春便一再催促我去大芬，我犹豫着，因为没钱想打几个月工拿点儿饭钱再去。但她一再鼓励后，我立马只身前往，揣着过年在饭店挣的一点儿工钱，到达时口袋里只剩八百七十五元。

我背井离乡，年老体弱，而深圳是座年轻的城市，饭店洗碗的都挑三十五岁以下，我找不到工作支撑学习，无奈向女儿要钱，她想都没想便转我五千元，并且之后她又攒了两万元以鼓励我在大芬油画村卖画谋生。我断不敢拿女儿的养命钱赌自己的明天，大不了学完了打工就是。感谢这个时代，女人有工作机会。

少年时，我爹一千次地讲起他年少时，一个四川女子跟随我们老村一个当兵的人逃难嫁过来，她貌好又武艺高强，可不到四十岁就活活饿死了。我年少时完全体会不到我父亲的悲悯。我父亲一生一再交代我随机应变，靠自己活下去。

我在画家兼房东赵老师楼层一角用他的画架学画，他提点我必须临摹名画。大芬的书店能买到全世界各流派的顶尖画册，它甚至可以将一本书按你所需拆开售卖。赵老师出身寒微，是我老家新化县隔壁安化县人，小我六岁，少时随乡间画师学过画人物，成年后全靠观摩与自学。他老婆小孟是长沙人，两人是经别人介绍而成。夫妻俩开了网店，多是来图私订，他老婆打理一切生意与财务、家务，赵老师则画得没日没夜。即便如此忙碌，他还非常耐心地指教我处理画面难题。

他成为我当时乃至后来的老师，我非常感恩。

大多时候，因为大芬油画村聚集了国内各流派、各阶层的七八万名画家、画师、画手，所以我可以零距离观摩学习到各种知识，学到一点儿，马上跑回来实际操作。虽然刚去时别人见我五十几岁穷酸见底还想学画都嘲笑我，可是我是谁呢？我不在乎。我直奔主题，就是学画。我在深圳待足了一年，悲欣交集，浑然忘我，跨越了我学画上的各个坎。

这一年腊月回家时，我心满意足地对自己说："大学毕业了。"

画画的意义

学画于我,无非实打实地穷游了一番,也实打实地改变了我活着的状态,在观景与画画时,摒除了其余的所有想法,与环境与过程黏合一处再没做他想,许多无妄之灾也无趣而去,似乎我画什么便拥有了什么,心情奇妙。南北几千里悠一大圈,虽然当初为学而学,但到头来发现画画原来没有技巧,一切都来自光影与颜色的对比变化——把真实自然看仔细、弄懂了,在画中合理地表达出来,让观画者享受到美,在画中送你自己和观画者回到自然,就是画画的意义。

天人合一,画得惟妙惟肖。我向那里走,却知前路还很遥远,便且走且珍惜。

外国画家,著名的,我也只记得几个人的名字。我的目的只是学了自己画,没必要追逐何门何派。中国画家,也压根儿不懂谁。知道我学画的熟人,大多见了只问我"画卖钱了没有",令人厌倦。我学画单纯只为娱乐自己,可所有人只肤浅聊钱。当然他们另有他意,认为我一生窘迫却行为乖张脑子进水，又不好直接说怕伤害我，但为了提醒并拉我走人间正道，于是便以问"画卖钱了没有"来委婉劝诫。言下之意，如果画画仍换不来钱回头也来得及。

如果我听不进劝，他们也只有白生气的份儿。

可这些问题，我越是不在乎，人们便越是在乎，即使他们连自己的事儿也关照不了、解决不了，也没想过要解决。就与"我走进画以忘他，他们走进我以忘己"同理。很多人老远看见我便挤眉弄眼话题开始。这种场景与后来很多人乱传我如何在北京清扫卫生一脉相承。我真是三生有幸能让大伙话题无穷。

2017年在双溪，大家买我的画，后来忽然不买了，这一下子让我重新思考，才决定再次学习。我想起父亲的教诲，马上拐弯另谋生路。

我当即决定，终其一生画下去，因为这能让我更好地修炼灵魂。但同时也要随遇而安找份工作养活自己，这样生活才会非常踏实。感谢我的父亲，一再唠叨让我沉稳。

向来，我只想简单地活着，这还是来自我父亲的教导。那时只觉得他枯燥而啰唆，也以为他太没眼界，不懂我将来能追求到好多东西。绕了几十年之后，我终于把自己整明白了——只需简单地纯粹地活着，就好。

当年在双溪，林老师一再劝我要耐得住寂寞，成就自己，成为艺术家。我才不是艺术家，不过是工匠罢了。比如做秦俑的，比如千年前在敦煌洞窟里画飞天的，他们也没得到什么阶级承认他们是艺术家，大多不过机缘巧合得到一个活命的劳动机会而已。"艺术家"这个词并没有绝对的定义，不必拘泥于某些人特定的解释。我认识的一些人打那时到现在一直住在双溪没走，既不学习、不努力、不思考、不工作，又迷幻、荒唐地做着艺术家的发财梦——等着太阳打西边升起，一幅画卖出一百万元，他们便躺平数钱。至于钱为何物，钱怎么来的又何处去了，他们不去思索。

我在双溪那年，初冬，傍晚，一位高挑秀美的女孩推门进来找我，问，王姐你说画画卖画能过好日子吗？

我先绕开问题跟她聊天，得知她是成都人，在上海读的大学，三十二岁，之前学的美术专业，却留在上海一所中学教数学，结了婚。

她向我诉说自己如何痴迷绘画，如何想放弃工作来双溪做个专职画家，可她丈夫不同意且一再规劝，这位年轻女子恨恨地告诉我说实在不行就离婚来实现自己的理想。

我赶紧劝她绝不可轻易离婚，好姻缘失去容易，但也许你此生再难得到。而好的工作你轻易失去也再难找到满意的。"问题是你虽然美术专业毕业了，但你会画画吗，能画出个什么？"我指着自己画的一条双溪老街的画问她。

她真切地摇头，说："没画过，也许画不来。"

"那么好吧，"我说，"我会画，但卖不掉画年底便回老家饭店打工。你呢，也许你有点儿存款带到双溪来，但丢掉房子，丢掉爱人，丢掉赖以生存的职业，追求一个虚无的名头甚至名头都没有，然后你一无所有时能像我一样打工，毫无尊严受人嘲笑，连你父母都痛苦不堪！想过吗？所以，所谓的理想，很多时候就是理所当然地不可以去想。明白吗？"

她开始反思，流眼泪，忐忑，最后迟疑地对我说对不起林老师的期待。

"期待你什么？"我说，"他劝你做艺术家是吗？在这期待中，他付费保证你什么了吗？名声、饭票、收入，没有吧？而我呢，与你素昧平生，却期待你家庭、夫妻、事业能够和美。那你又如何看我的期待？"

她转念一想，明白了。

我对她说："我劝你赶紧回去，成全家庭，抛弃虚无之念。"

她起身，流着泪真诚地拥抱了我。她决定打车连夜赶往县城，明天回上海，临出门她加了我的微信。

农历春节前，她发来感谢，说与丈夫和好并互相理解，将不负我的期待。

生活已让我活到死心塌地

2017年，我不经意间去看绘画，没想到扎实学了一年。本来心想这种高档人才从事的职业我见过它咋回事就可以啦，于是中途学了三个月的时候就跑回去打工，并把几十幅画也寄回台州家里。没承想林老师在我离开几天之后便让助理打福建开车来追我回去。平时他不多话，我甚至以为他没看过我一眼，去那儿学习的人有十几万，叫人拉我回去可算是破天荒了，我当时体会不到自己三生有幸。我重回双溪，网友们买了我大部分的画，我有了几万元钱，马上在台州首付买了辆车，为的是在家族面前对自己离家半年的事有一个交代，更实打实地堵了村里那帮扯是拉非的人的嘴。于是一夜间大家突然对我换了笑脸，我老公可高兴坏了，逢人便吹嘘他老婆有多牛。

只有我仍焦虑不已。

在双溪，我不可能再进步了，于是决计不再回去。又想，要么放弃画画去打工吧，毕竟怎么也轮不到我去做画家梦。于是又在三门的一家饭店干洗菜洗碗的活儿，看看等攒点儿钱再说。不料一位安徽的年轻画友天天发微信邀我去深圳大芬油画村向大师学习，之后再找厨房的活儿不迟。说得是，我听她的劝，怀揣饭店结的一点儿工资去了深圳。

在深圳我驻留一年，2018年，是对我人生产生深远影响的一年。我和去过双溪的画友L姑娘租住在一位湖南籍画家的格子间里，她三个月后便回去了，但她着实是推我走到这一步的贵人。大芬油画村犹如画家的海，各种流派的实力画家应有尽有，独立画的、为别人画的，不一而足。又有围绕画业展开的包装、框裱、画材各业，非常周到、齐全、便捷。

我大多数时间观摩海量的实画操作，再回到出租屋在墙架上一幅接一幅地画，画不下去了马上又回去看。因为我一直在思考与实践，房东兼画家赵老师也慷慨解惑，所以我学到了很多知识。如果仍住在双溪，保准不会有后来的我。我画连绵的远山、画日出、画海……这一年过去，回头看看，我发现自己的画风不知不觉间又起了变化。但离成为画家的水准我还差得远，好的是我从来不去想。生活已让我活到死心塌地。

形形色色的画友

在双溪学画时，天南地北的人来到此地，大家很快就能成为朋友。广东及福建东南面富裕城市的人因为近，会直接开车走高速来。一次，有位福州画友来到我的画室，他大约六十岁，从事业单位退休，在向我们介绍了他的优越条件后，便占据窗口摆下画架，三天时间画出一只无盖的啤酒瓶，瓶底画了两道黑白线，然后自己在那儿吧吧咂嘴装出喝啤酒的声音，又去邀请他才认识的画友看他的画作。但去的人好一阵没看出那具体是个什么瓶，更没明白两道黑白线的含义，他很潇洒地跷起二郎腿，眉飞色舞地解释：这是他某次出差坐高铁途中在靠窗的位置上喝的啤酒，这两道线，白线表示桌面，黑线表示桌子下边。他的画友嗯嗯几声没发表看法就走了。

他开始修改，边修改边发出牛喘气般的叹息声，末了邀我发表对他的画的看法，语气里渴望赞赏。我早已被他几天的虚张声势折磨得够呛，又实在不想违心客套，便推诿说："毛老师，画者由心，我没看懂。"这句话让他生气不已,好几天里都出门进门说:"装吧,装糊涂吧!"

你看他做了半辈子小领导被手下人哄得惯得,他邀我评是缘于画场里公认我画得不错他才给面子,我居然敢对他虚与委蛇!接下来他不画了,说已玩够了没必要再画。他成天在画室门口邀人坐他的车去某处游玩兼吃美食,出发前眼睛却看着我。他们玩够了回来后又在画室嗨聊得到的享受,还跟我说要是去采风的话他可以带上我,于是我跟他说第二天去长桥镇时捎上我,他爽快答应。

次日我起个早在车场等他,却压根儿不见他和车,傍晚他和几个男女画友开车回来了,我假装忘了此事,他却故意问我咋没跟上,目光揶揄。

"真的吗?那下回我一定跟你们去。"我说,但内心并没当回事。后来过了好一阵,我盯梢似的等在车场出口墙边,见他与三个男女画友来了,我问:"带上我吗?"他说已约好另一位画友,那人在街上等着呢,然后几个人阴谋似的互使眼色,开车扬长而去!

"小儿科。"我对启动的车说了一声,我见过的所谓富贵多了去了,如羽毛随风轻浮而已。嚣张,不过是你暂时的掩饰。

我唯有改变自己

在双溪,是我赶去遇见了时代,然后时代改变了我。面对时代,我唯有改变自己。

在这里,各种轻喜剧比电影更精彩、更真实,这些故事就像一堂堂人生课,没有任何老师讲得了这样的课。林老师也不过是被迫成了领舞者。后来我觉得在这里的经历升华了我的思想,也开释了我不少迷惑。

一个画友离开后,二楼的一位管理卫生的助理去代替那人,林老师安排我管理楼层,并交接了一些事项,然后说工资每月一千二百元,这样可以支撑我继续画下去。

我在公共区域了解了一圈,发现了二楼公共洗手间脏乱差的原因,主要是天南地北来的画友乱扔画板、画笔,还浪费太多油彩料,致使地板上、墙上、洗手池里全是颜料。于是我在每个区域贴上大字纸条标明规范,洗手间也标明洗手细节。来这里的毕竟多数是文化人,基本都有文化和素质,所以,状况很快得到了改观。这样处理的好处是我每天不必太辛苦地打扫地板。

但我很快就厌倦了,因为我从来喜欢在规划好的时段里只做一件事。比如我决定装修房子,那么所赚的钱只投在这上面,其他的全扔在一边。我现在学画完全靠去野外实地观察再回来画,但这份半途来的"扶贫"的活儿成了我的包袱,对我毫无意义。可这是林老师帮我的周全之策,还不好辞退!我很干脆,悄悄地打理行囊,不辞而别回台州去了。

后边的事你们也知道了。可你们不知道的是,林老师微信转给我那一星期的工资,我坚持不收,但他以为我微信没绑定银行卡。

当然又过了没几天,林老师派人把我追了回去,管理楼层的也另换了人。

但这一回我的画倒真的卖出很多,这对大家是个大鼓舞。有一位广西南宁市的房地产商,在北京有个西山书院,为了帮助我,让我给他画两幅巨画。为了画这种几米长宽的画,我去北岩寺请求在寺墙上画,得到寺院的极力支持,不仅让我吃饭,还收拾了一个净房给我睡。

但我怎么能甘愿吃白食,便米油都买去,怕什么,一旦没钱,便去劳动。我遵从父亲教诲,只要能动弹,便双手养自己。

我一辈子都记得这位房地产商对我的鼓励与帮助,现在想起来依然感激得无以言表。你现在在哪里?我只想再为你画几幅画,不收你的钱。

一次骑行之旅

在2017年9月份,一位昵称"轻盈的气息"的网友加我微信,她就是传说中的周志轶,这位房地产商是她帮我联系上的。周老师帮我卖出好多幅画,我一度以为她是画商,后来才明白,其实是她善良又糊涂,认定我五十几岁才学画便画成这样属于有天赋,她认为自己有责任不致我天才湮没,便自己买了我两幅画,她中学老师退休的爸爸买了我一幅,她朋友买了我一幅,她两个同事各买了一幅。这一圈下来,她再也推介不了了。

但她从没后悔买我的画,并认定我当初的画比我后来的都画得好。而在我之后的沉沦中,她一再唤醒我,怕我灵魂死去!为了帮我继续画画,她不断地给我寄书和资料。

我画了我家门口那条入海的河流,又画了她寄的书里的那条小船,船上一个人在收起渔网。结果她父亲喜欢这幅画,周老师便借口别人看上了,然后买去送给父亲。

这是我几年以后见到她,从她不经意说漏嘴反推出来的。但当时我备受鼓励，朋友圈赞我画北岩寺前山王院村画得好，让我更加坚定信心要多画几个村。很多画友开车或拼车去了寿山乡，回来说那里风光迥异，劝我有必要去，我打听一下早班车七八点过双溪，下午五六点回屏南在双溪停，问当地人车程只要一个多小时，那不算远的，于是我在某个下午两点后念头一闪便骑自行车出发。

一路往北，打北岩寺旁边马路过。

拐过一座又一座山，爬了一个又一个长坡，我实在口渴得不行，便在马路边一户人家讨些水喝。那家女人古怪地问我骑个自行车去哪儿，我说去寿山，她更惊奇，说离此地一百多千米，没到就天黑了。于是我匆忙赶路。

骑到深夜，寿山还遥不可及。于是我想还是赶紧搭个车回去吧。我停在路边，看到好不容易有辆开往双溪方向的车，便示意搭车。没想到司机反而一脚油门飞驰而去，大概他被这个深夜赶路的女人吓坏啦！荒山野岭之地，谁能担保他此时此地见到的是个人或非人哪。但求他开稳自己的车哈。

我又只身疾走一道山弯，这时一辆车打山路开来，在我面前停了几秒，我以为他们可以捎我，不想也是嗖地加速驰去，十来分钟后不知他们打哪里的坡道倒车转弯，超过我回双溪去了。

约十一点，我路过北岩寺，远远见那里灯光幽暗，并听到晚课钟声。路已趋平，又熟悉，我半眯双眼骑回旅社，热水淋浴，睡到次日下午一点起床。

后来我才知道，能坐公交车一小时车程到的是同在屏南县的寿山乡，而那个出产寿山石的寿山，远在福建福州市，离我这福建宁德市的双溪镇，要二三百千米。哪怕我不吃不喝地骑车，并且保证道路平整通畅，那也要一天一夜。还好我没有一直骑下去。

奇怪的是，之前我在家里上班也并不太辛苦，却有一身的病。到双溪来学画，净翻山越岭、长途跋涉了，所有的病却都无声无息地消失殆尽了。

这次骑行之旅虽然没有到达目的地，但是旅途中的山川、河流、动物、植物我却看了不少，后来，我以路过的一个村子为素材画了两幅画。至于那巍巍的擎天巨石，我画不出来。

画画能养活自己吗

我一直收集自己感兴趣的信息，早在2012年就记下了大芬油画村的地址，想哪天去看看那些人在怎么画，画些什么，又想画画是年轻人或有地位、有背景的人从事的职业，轮到我，单纯地看见也不错啦。在我得到双溪镇可以免费学画的信息后，过了一年，家里房子装修好，女儿大学毕业后也找到满意的工作了，我认为任务基本完成了，才决定出门透口气。前文写了，我学画基本全是自学，因为不论谁问林正碌，他都是一句话："人人都是艺术家，把你内心的艺术世界用颜色和光表达出来。有什么画什么。"后来我为他写了一篇文字，说佛陀拈花示众，众生多茫然，而我有幸，不论时光怎么错失，我都与你如约相逢。因为自然界摆在那儿没动，但画出一点半点来，我又认为好啦反正不当饭吃，还是去打工过日子吧。林老师一再把我找回来，那么多人走了他也没找过，单单找我，于是感动与愧疚之下，我又继续学习。

后来我加了周老师的微信，她每隔一段时间就问我的情况，叫我发图给她，又建议我在画里加些人和动物，或加些颜色变化。我这一辈子已经习惯了被人贬斥侮辱，老到不堪时却突然得到关注,虽然十分感动,但也没多大自信。不过,人生中遇到鼓励非常重要,至少为了对得起他们我也不能放弃。

有一间画室,住着一位本地妇女,三十八岁。我常去看她,她三十三岁嫁到福州,没生孩子,三十五岁因病瘫在床上,男方直接离婚抛弃了她。娘家无奈地接她回来,也没能申请到低保。她康复到歪歪扭扭走路后,便来学画,右手变形得厉害,她就用左手画。她在画架和桌子上搭一块旧印花布,摆放个古旧梳妆盒或小箱子,她的画画得十分真实。我和她聊天时建议她画只小动物,比如猫咪、狗子、鸡、鹅,搭点儿地头的杂花,这么建议是出于观画者心理,以便她可以卖点儿画。她初时还嗯嗯应我,后来便不爱搭理我了。我知道她自认为走路还不便,哪能画个跑的动物啊。我的看法是,画出来是给别人看的,再说你四处走动更利于身体恢复。她压根儿听不进,并对我已颇不耐烦。她不想想,画这些普通、破碎的旧物,有几个人愿意花钱买去挂在墙上?这是她的性格,执拗。人内在的性格决定他的外在。

与这位妇女的努力相比,她相邻画室的一个男人恰恰相反。那个男人患先天性脑瘫,打小父母双亡,奶奶带了他没几年,便过世了。他十几岁起便讨饭为生。后来林老师来开画场,别人就送他来这里学画。他是轻度脑瘫,走路有点歪,语言稍带含混,可是四肢也还健全,五官清秀。他小时候街道让他读了几年书,所以能写字、能说普通话。他画一些似花非花似树非树的画,在那几年还有好些网友买他的画。

赚到点儿钱便很快花掉，没有了便找林老师。林老师只好给些钱养活他。其实他脑子聪明，也会做人，并且有点儿天赋，但他从来不学习，真要学，这遍地山川河流、怪石险峰、奇花异草、房屋街道，哪怕把其中一点画到极致，也能卖些画。他每天鬼画符一般往画板上涂些颜料，跟我说是向林老师交差，至于画的什么他自己从来没明白。

这么做事，糊弄谁呢？这么画画，能养活自己吗？

我应该是天性不太看重钱的那种人，但活在人世必须以各种努力劳作换些钱再换来生活物料。去双溪学画时，人们见我穿着时尚，陌生的画友们便以为我有身家，连林老师也被我的外表迷惑了——那时他修复古村得了"缺钱病"。

其实我是自己设计衣服再找人定做，那花不了多少钱。当然后来给他们全知道啦：王姐没钱，而且是那种不一般的没钱。于是有些人再次见到我时便优越感油然而生。一个老吹捧自己很有钱的胖女人见了我老说："呵呵，没承想遇见你，要不今早我多买的油饼不该扔了留给你才好。"我不搭理她，但告诉她我会做各种美食，也不大爱吃油饼的。

经历了一些冷嘲热讽世间冷暖之后，我更贴切、更深层地理解了"人人都是艺术家"这句话。所谓艺术家，从字面解释，艺，手艺；术，思考，改进，得到一些技术；家，在屋檐之下不至于流浪；所以，艺术家就是生活状态的一种，仅此而已。可人一旦不知其所以然，使自己浮于空中，恐怕会被风卷走栽跟头啊。

我不是艺术家

在我看来，画画不过是生活内容之一，就是一部分人发现生活过程中的美好之后产生了要用颜色表达出来的念头而已，并不如柴米油盐那么紧要。但绝大多数人会心高手低，画得不尽如人意，还有大部分人没有耐性，要么怪旁观者没眼界，要么怪被画的对象不听使唤，反正自己很对。这些人也可被称为画家，他们得到某方面的人生意义，表达出那部分人一目了然的人性的颜色，因为从某种意义上来看，其实每个人自始至终都处于"画"自己的过程中，即使他没有握过一次笔。

我已经说了，艺术家就是字面上的意思——人的手艺在思考与实践中获得某些技术，他就已经成家了。这不是搞笑，要知道有那么多人为了追求所谓的音乐、写作、画画，至终默默无闻、独自一人，言行间看不上这个那个，还自诩高贵地说献身艺术。我坦然地向从前及将来持这种思维的人说一声："你的脚踏虚了，你的头想偏了。"

又有那么多人花大价钱去这儿学那儿学，以为能学到一堆技巧，认为这么走捷径就能成为那个"家"。有一句话叫"世事洞明皆学问，人情练达即文章"，我的理解就是，一切的所谓技巧就是没有技巧。比如，我们新化人全是吃货，男人们嫌女人节省炒不出好菜，全民自己动手，家家男人忙完外务忙厨务，外人不知就里，以为新化男人通通怕老婆。

我打童年便研究吃，先是发现许多种姿色迷人的杂草被土猪大快朵颐了，便背着父母偷煮点儿自己吃，却又苦又梗不好吃，于是体会到猪太苦了，但进而又发现猪并不知道自己的苦，反而乐在其中。于是我便反思自己与村子里的人，是不是也是身在苦中反以为乐？画画也是一个道理，当你画不出来去学习别人时不可僵硬地为学而学，你需要先懂得世间万物的真实存在，你得积累、观察，再借用前人的手法，最后，画出来的作品才更有可能得到大众的认可。写实的画如此，那些抽象画也一样，完整而给人美感的抽象画也要表现出现实中的影子，否则大多数人无法感知。

在从前的社会里，画画大多时候是一种高雅的文化娱乐。到现代，是谁弄出个艺术家的名头，罩在各种爱好之上，以钱卡住门槛反而招手叫人进来吧，给你们赚大钱——贻笑大方，人们却趋之若鹜。圣贤早就说明白了，小人为利，而如今很多人急功近利得很，却自我安慰，"君子爱财取之有道"——仿佛人人都是君子似的。

唐代著名画家阎立本是绘画史上著名的大画家，但是，有一则逸事却讲他劝诫自己的后世子孙不要当画家。

唐太宗有一次同侍臣们乘舟在御苑的池中游玩赏景，看到池中有奇异的怪鸟在水面上随波浮游。唐太宗手拍船栏杆叫好多次，命令在座陪同的侍臣们当场赋诗赞咏，又命令随侍的官人宣召阎立本前来将怪鸟画下来。官人们当即向岸上传呼道："召画师阎立本到青苑玉池拜见皇上！"当时，阎立本任主爵郎中。听到传召后，他急忙跑步赶来，大汗淋漓，立即俯身池边挥笔绘画起来。而且，因被称为画师满面羞愧不堪。

事后，阎立本告诫他的儿子说："我小时候爱好读书，值得庆幸的是我还不是个不学无术的蠢材。我都是有感而发才写文章。在同行中，我的文章写得还是比较不错的。然而，我最知名的是绘画。可是，它却使我像奴仆一样地去侍奉他人，这是莫大的耻辱。你应该深以为戒，不要学习这种技艺了。"

说这么多，无非就是告诉你我，凡事皆平凡至极，你看我多年来做各种体力工作（如清洁工）养家糊口，这很正常，与画画一样，都是生活的一部分，清洁工是我的主业，画画是生活中的另一部分。

可是，2017年我卖画买了车还改善了生活，林老师又安排一个大画室给我，其余的画友便心意难平，一转眼没人看我一眼了，可那时已近冬天，全国油画市场寒流袭来，一下没人买我的画了。这时一个画友对我说："瞧你大半辈子这么艰难，有点儿钱不留手里过日子，大模大样买啥车？"我没吭声，但心想：熬过了几十年艰苦的日子，我培养了优秀的女儿，建造了雅致的楼舍，拥有了自己灵魂的港湾，这样的生活，它属于我。至于留钱过日子，我留它干什么？不留它我不过日子了吗？走到下一个地方，只要我肯动手，钱就能再次聚来。

林泉 布面油画 40 cm×60 cm

河流　布面油画　60 cm×40 cm

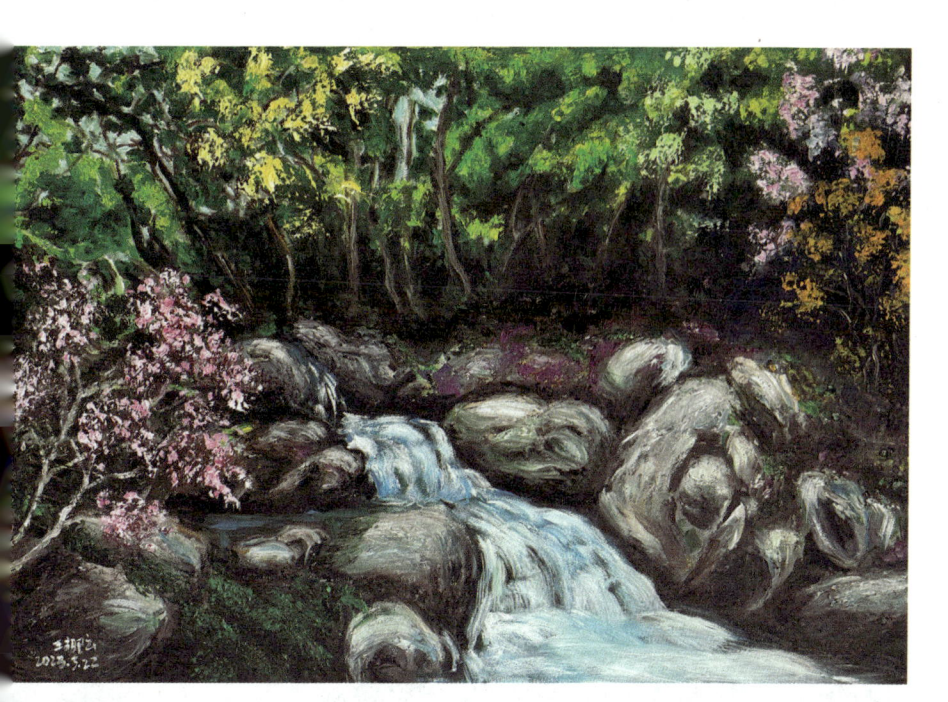

山泉　布面油画　60 cm×40 cm

山涧水　布面油画　60 cm×40 cm

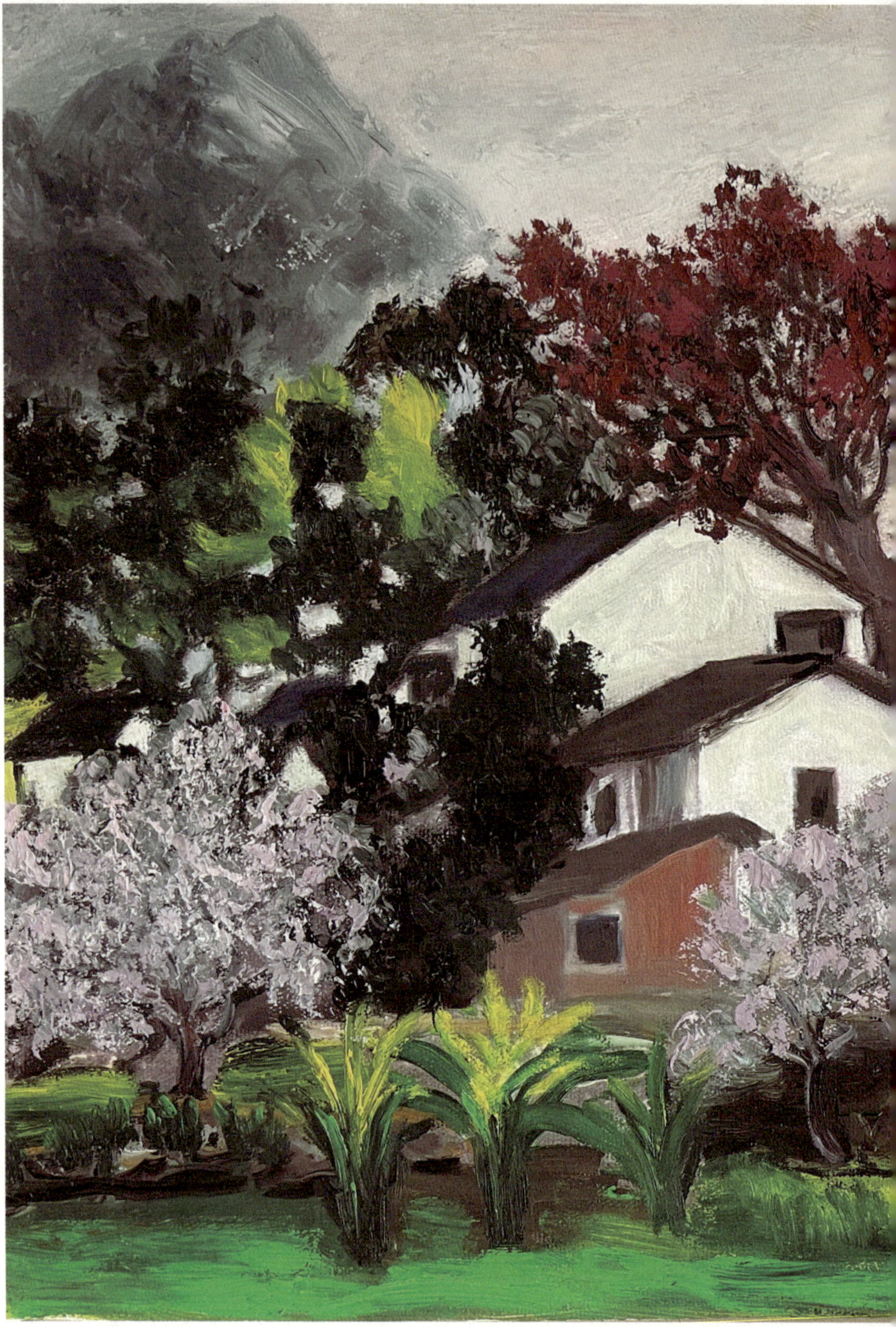

山村春景　布面油画　60 cm×40 cm

喜悦　布面油画　60 cm×40 cm

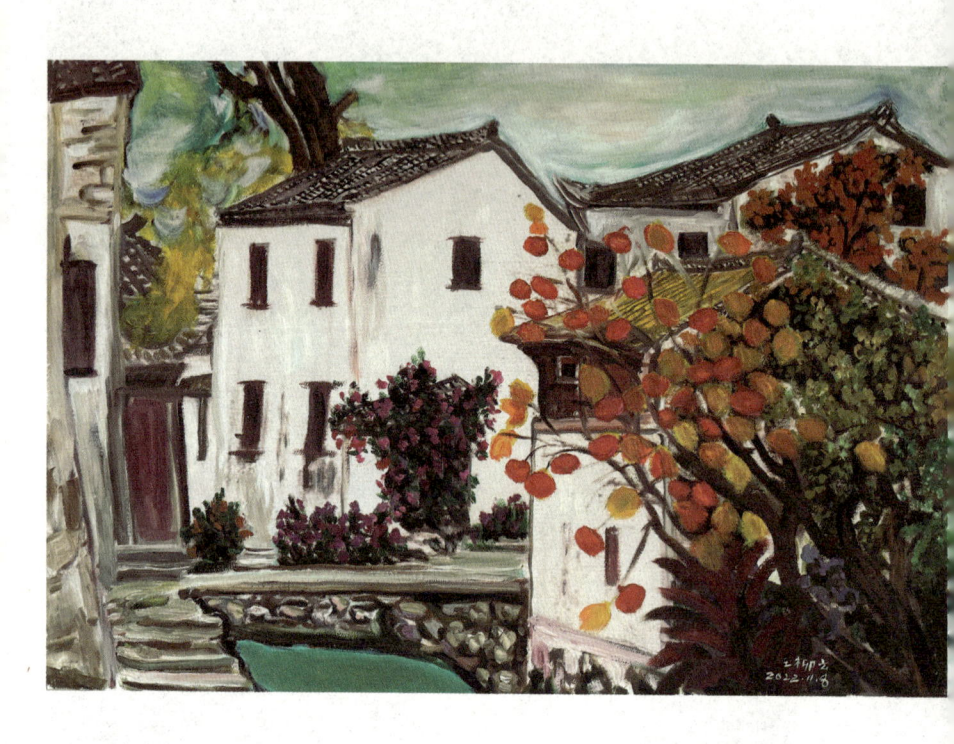

山村　布面油画　60 cm×40 cm

花海　布面油画　60 cm×40 cm

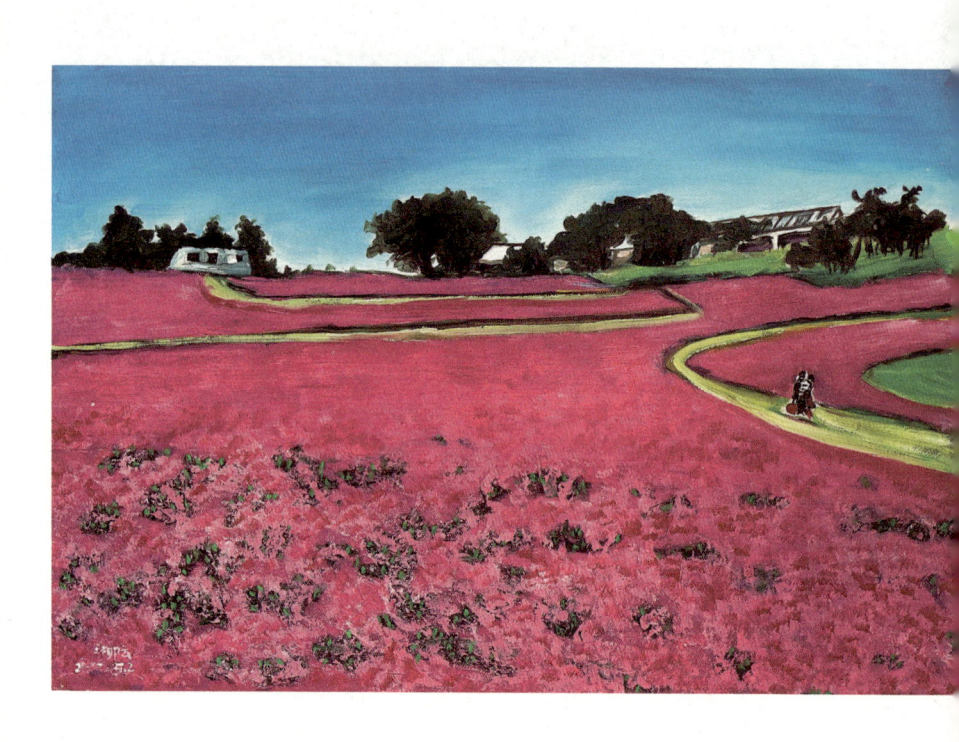

月光的梦　布面油画　40 cm×60 cm

月夜　布面油画　60 cm×40 cm

暮归 布面油画 40 cm×60 cm

海滨　布面油画　60 cm×40 cm

从渴望生活到学会生活

生活,永远都平凡而琐碎。
如果需要更好点儿,那么让艺术
成为一种生活状态,比如,
在书桌上摆上一束花。
比如,在路边对着蒲公英微笑。

平淡而琐碎才是生活

说到无聊和困苦，得从一部照相机开始说起。那时，我们才十几岁，几个少年常到外号叫"三少爷"的伙伴家里去玩。三少爷大我三岁，人很文秀。他的爹读过两年私塾，二十世纪五六十年代在邻县钨金矿矿场工作，这人非常好学、很有才智，掌握了采金技术，能准确预测矿脉走向，根据他的指导开采矿山，安全高效，为国家带来了巨大财富。他人又勤恳，结果四十出头病逝，留下三儿一女。这位工程师的妻子是个老实本分的女人，一家人在农村苦熬，可几个孩子却顶着父亲的光环，都不大务农，上村下村的乡民便揶揄地称他们少爷小姐，可他们沾沾自喜地一叫一答应。自然三少爷排行老三啰，他读了高中，省里在我们那儿开了个大煤矿，地方上便招三少爷去矿里上班。他长得像个秀才，方圆十里上门说媒或姑娘自己来追的踏破门槛。有个姓蔡的年轻人在矿上开小斗车，便和他成为朋友常来玩。

蔡长得并不好看，他结了婚，来这儿玩的目的是想给自己的妹妹或者小姨子牵线，让三少爷任选一个。我想换更早的时代应该是可以让她俩同时选上的吧。可是三少爷始终装没听懂也没有约姑娘们见面。

但这并不影响年轻人的交往,他们仍是朋友,那时候工人工资普遍很低,蔡省钱买了部照相机,一来便提在手上。三少爷家唯一的妹妹小芳和我同年,加上女孩小丽,都打小玩到大,那时我们除了种田平时闲得没事做,日子实在无聊透顶。我们村后那片几个族姓的古坟场在二十世纪七十年代初被推平建了个肥料厂,厂子一直处于亏损状态,到我长大时它快撑不下去了。我们几个瞎聊的内容是,我提出来自己去承包这厂区一部分,建一条制鞋生产线,我们自己设计实用又好看的鞋子,大家有职业,那工厂又能起死回生。三少爷不以为意地笑笑,但蔡却朝我看了几眼,用他来之不易的胶卷给我拍了两张照片,后来还洗出来免费送我。我的闺密小丽后来和村里的小孟结了婚,小孟做了乡书记的干儿子,真的去承包了走投无路的肥料厂,但他不学无术,最终一事无成。

那时,我二姐向别人学到了制酒曲药引的配方,我照着去采几种草药洗净晒干打成粉,掺米浆做了小白丸子,走村串巷卖到点儿零钱,便买了个胶卷给蔡装相机里让他教我拍照。我把家里的大黄狗和鸡都拍了,蔡认为太浪费钱,但我又省几元钱请他冲洗出来,并让我父母看,我爹便动了念头说他要拍张大照片,因为他一辈子不知道自己的模样。

于是我给他拍了一张正脸，后来又走村串巷请照相师给他拍了一张大的加塑封膜，花了三元钱。就这么一件小事儿，我爹高兴了很多年，他把照片置于旧台架板上，每天去看并和自己说话，又说如今人多么聪明哇，很久很久以前，皇帝也只能叫人画像，并且画的这个皇帝那个皇帝毫无区别，他看别人书上那些人像全一样，从来分不出谁是谁。

这个蔡给我多洗了几回照片，他老婆便冷不丁突袭跑到三少爷家中指名要找我说道说道，他家妹妹小芳天塌下来似的来找我过去。

我不急不忙地走去，蔡的老婆极力压住怒火站门外瓜棚下，这些瓜菜全是三少爷的妈妈独自种来度日的。蔡妻二十七八，长得一般，烫了鬈发，生了两个孩子，她有个县城户口但没有工作。我问："你贵姓呢？专门来看我们这般人，你家蔡长得那么不好看，这里没谁看上他，你来给三少爷做媒吗？但是我和三少爷青梅竹马别人谁也抢不去的。"

这两句话，前一句作为释她猜疑，后一句给她台阶下，她本来想把妹妹嫁给三少爷，就当我认为她是来做媒吧，又为三少爷推掉了纠缠，也算是一箭三雕。打那以后，蔡便极少来村里，又只剩我们几个无聊的小村友了。

三少爷却认真地来喜欢我，方圆十里那么多姑娘排队倒追他，而我对他没太大感觉。但上下两村的人很赞成，说这样子我就找了个有公职的人，饭碗解决掉一半，今后也可以去矿上干些零工度日。

在艰难困苦的年代，也包括现在，大部分人选择苟且和安逸，尤其当下好多十指不沾阳春水、除了心高别无所长的年轻人，都是以自己为筹码让对方解决自己所需。可是我从来有抱负，考虑当时大环境下的社会现实，认为至少要从根源上革除一些陋习让乡民过上好日子，而不是走进城去被所谓的城市居民嘲笑。我乐观地以救世主的心态准备付诸行动，却四顾茫然发现只有我拥有这种思维。再细察三少爷，他确实在考虑人生的事，但是以自己为中心，矿里低微的工作不想干，又不想循序渐进地努力学习。

有一次我路过他的家门口，他正在追赶一只小鸡，问原因，说要捕来吃肉，我看那鸡不足俩月，又瘦又小，我直说你太不体谅你妈了，她好不容易养只鸡，养大了生蛋的。他说管他呢，末了还不是杀了吃肉！后来又有一次，我俩立于塬上谈论如何度过人生，我说的一些现实难处，他毫不过脑子地说这般那般便解决啦，压根儿不切实际，对困苦视而不见却一心想自己高高在上。我彻底寒心，这人连做朋友都说不上。后来他一再来找我，我没直说，只是不往他家门口过了。

几年后，三少爷娶了一位貌美的幼儿园老师，当然在农村也是代课老师，婚后女方去广州打工赚钱，三少爷一再把她叫回来相守林下，夫妻过着清贫的日子，直到他儿子成年，仍住在当年他当工程师的爹盖的旧砖房里。

那时有好多大龄青年单着未婚，不想下嫁，不想下娶，怕别人影响自己的生活质量，又怕生活的琐碎耽误前程，无非就是精心算计日子，期望奇迹降临又不想为人付出而已。

其实生活永远都平凡而琐碎，没有你所谓高人一等的理想世界，更没有人间仙境！如果有，便是左手紧握智慧，右手超常努力。仙境只在天空，平凡中充满琐碎。真正热爱生活的人解决接踵而至的困苦后，也许最后他的生活仍然是平凡与琐碎，但他早已在过程中成就平凡中的伟大人格。

生活中的苦别把它当回事

我打三十岁后边走边不断反思,认为自己有颜值,有好身段,有才干,也有个外人看来的好家庭,而一些不起眼的人能做很大的事情,我却一事无成。至少,那个年头开个小店也很挣钱的。我的大姐夫做郊区农村第一书记多年,去求他办事的人排成河那么长的队伍。他提出来给我妈办个营业执照在街上租间小店做生意,其实就为了直接解决我们仨的生活所需。别人求之不得,可我妈一再断然拒绝,哭闹着怨恨大姐是不想赡养她,说做生意是下贱人干的活,又起早贪黑,又吃街上的尘土,又喝掺了漂白剂的自来水,直接是不想让她多活几年。一句话,我妈认为她厥功至伟,地方上没人能像她一样生出这么了得的儿女,她早该坐着享福了。

那时候,很多条件很好的人家,父母亲自上门来求我去做儿媳妇,他们的儿子或在部队或在乡政府里做点儿公职,我去了也能找门路弄户口找工作,可是我妈一一拒绝,人家一再问原因她也不说。后来我懂了,她五十几岁,不劳动,坐大门边怨恨叹气,把我当丫鬟使唤,她身上的衣服穿到臭也得等我给她换洗，如果我嫁人，那就没免费的奴才了。她认为这事天经地义，是儿女应尽的孝顺义务，她又指望老到不死！

我妈还怨我没能挣到钱供她花！这样子的亲妈，我现在说出，也许你仍不敢相信。但是近年来有很多家庭不和的报道，比如有的儿女远去国外，至死不见父母的面，我非常理解他们！

就是这样，当然还有更多伤心事，把我的少年前程一一断绝！不提啦！

可她毫不自知，对我的痛苦假装看不见，一味咒骂我种的粮食不够，种的菜不够。我连一件出门的衣服都没有，她口口声声你又不嫁人，穿衣服干吗！天下真有这样的妈！

在那种近乎悲惨的黑暗少年时代，我唯一的快乐是在晴天或下雪天沿河岸上下游几十里范围内的村庄、土镇、山塬、田野、古村、小溪，一处又一处去游览。每一块奇石，每一处山崖，每一棵大树，以及每一处丑陋将枯的水塘，与它们相见，都让我无比欣喜。我听风吟鸟唱，观流水细浪，或看一座东倒西歪的旧木屋，都使我心境空灵。

那时没有出路，但很多人都为我可惜，走在山野地头，人们认出来问我，你为何不外出工作呢？人家不知道我遇到藩篱，我总答应人家，会的。那时唯一能聊几句话的三少爷买了一本《唐诗宋词选集》,他自己不爱读,我拿来熟读成诵,对诗词里的很多地方很是意往神驰,从诗里去了黄河故道,去了扬州、苏州,并认识了黄庭坚、柳咏、李商隐等好些人。从此以后,我便常去县城书店快速读各种书。我还有一个免费看书的去处,即邮政大厅,邮政大厅有一个大报架,挂满国内重要报刊,这无须看卖书人的脸色,我可以坐在角落长椅上把它们一一翻阅完毕,至少,天下事或许遥远,但我也能"身处其中"。

所以那时的艰难苦恨压得我无力喘息,窘迫至极,但是我放手了,每天睡到日上三竿,既不煮饭,也不再种菜。我妈在骂骂咧咧中拖沓着煮饭,边吃边怨。她活到把自己的一日三餐都想推掉的程度,膨胀愚昧到无可救药了。

我抛开阻碍弃之不理,表面不把它当回事,却暗待时机关山飞渡。

让行走成为一种生活状态

童年时对游历的渴望来自一幅简单的山水画。读二年级时，家里要盖砖房拆掉夯土木屋，我爬到烟熏火燎的矮楼上，见了我哥哥的一些旧书、作业本，有一张白纸上画了一些山、树和一个挑水的人。我打课文上的知识立即认出画的是桂林山水，虽是铅笔画的，但在那时我以为它画得太好啦，并马上立志长大了一定去桂林，嗯，最好嫁到那里去。但很快转过念头，不可以嫁，凡是好山好水必在穷乡僻壤。我一生没明白自己何以八岁时有这种判断！

果然，当我长大做点儿生意去到桂林，虽已近二十世纪九十年代，并已是世界各地的人都前去游赏的旅游胜地，但那里的人们委实穷困。

最早的游历来自对亲戚的渴望，村族里的玩伴都有外公、外婆、舅舅、姨妈，我没有。人家的亲戚来了，坐在门外场圃，我巴巴地去看，一百次地想象我去走亲戚的场景。唯一的小姑姑每年来我家两回，她夏天拿小布袋提点儿扁桃，冬天则拿点儿柿饼来，年年如此，因此我一生都爱吃扁桃和柿饼。每次她来我都求着去她家看看，因为她一再说她家屋后修了高架引水渠，我也很向往，好容易在九岁某天哥哥带我去了，我高兴得一路颠跚，十几里山路上，看到哪怕一条四脚蛇也当它是一条龙那么好看。

一到那里，姑姑便带我去看高架引水渠，打山壑下的炉观河吸水上几百米高的山崖，沿水泥大渠流淌，一直引到更高的乌茅山、伍家岭，储于山顶高塘，让那一带近万亩的山顶旱田稻谷丰收。我站在山腰望向四面秀丽的山峦及丘陵间的村庄，在光影里我生出无限神往，但光秃秃的山坡也让我生出荒凉之感。不知姑姑什么感觉。她催我回去吃饭，青蒜苗炒豆豉，豆豉太咸啦，我说了两遍，哥哥瞪我一眼，回家的路上哥哥又怪我，说不能说出来。

哥哥大我十五岁，打小就不大理我，在我很小的时候，他让我掰开他的拳头，当然是掰不开，算我输了，然后他一拳把我打到墙角，我倔强地爬起来又去掰，结果又输了，他再一拳把我打到墙角。后来有一天傍晚他在檐下读英语，我去学舌，他瞪着我，没有教会我半句。当然还有顶头的姐姐，大我十二岁，天天打我，我告诉我妈，我妈面无表情，没有哪怕半个字说姐姐不可以打我。所以由小到大我一直觉得那个家就是一口敞开的棺材，冰冷无人性，我一直努力地读书希望远离它。而当我成年后走向外面时，这个原生家庭的人一致认为我千般不是。现在想来，也许是当初急急忙忙投胎投错了。

　　我二十几岁时，乘船去贵州从江县，遇到一对定了亲的年轻少数民族男女去岳父母家送节，这和汉族人习俗差不多。女方看上去不到二十岁，男子已有二十五六，长得有点着急，扁担挑着的两个竹篮里，有粽子、饼、两只鸡、两块布料。女的用极仇恨的眼光睥睨男子，男人卑微而委屈巴巴，直到下船，两人从头到尾没有搭话。苗、瑶是自由的民族，能力出众的男女早就对歌恋爱成双，剩下的由亲戚、媒人牵线。我遇到的这一对莫非是女方受了胁迫，还是单纯地嫌男方穷？我一生都记得这场景，因而告诫自己：一是再难也要使自己独立；二是不要把自己的失意归罪于一个老实无能的人。从江县县城现在开通了到桂林的高速公路、高铁。但在那时它真是闭塞，小小的县城就一条主街，修在陡峭的山腰坡梯上，乡民赶集则在窄小的荒地里，下雨天泥泞不堪。那时我也吃不惯那里的饭，饭店里的魔芋炒出来用一种木本植物染成红色，苗家人喜欢吃，我不敢吃，饿了一上午。

　　从江县因为地势险恶，它几百年谋求以大片山林换取广西三江的梅林河口一片平地建为县城，未果。打了多少架，但两地的人仍然自由来往。苍天给了这些土地好山好水，可是人们在那时走不出去，即使出去了也非常为难。我那时对自己说，这种好地方，看看可以，但是如果住下来会很痛苦的。当然那只是我作为异乡人的感觉，而生在那些土地上的人绝大部分自得其乐，再艰难也笑着熬过人生。我十几岁时，和村里人去爬雪峰山脚下的一座神山，经过一条山谷中的田垄，那里有两座几十年的老木屋，有熟人去一户人家搭话，开门的女人五十岁左右，仍是惊世骇俗的美好容颜，她笑着给人让座。我打侧门看进去，房间里又黑又窄，家具极其简陋。她怎么就在这深山里如原生石头般过此一生？

可怜的女人，都二十世纪八十年代了，因为用不上肥皂，成天摸柴灶，十指粗糙乌黑，一块全家人合用的毛巾又黑又硬地搭在挂绳上。我想起我爹，他一个残疾人，生长于民国战乱年代，种了一大园子的果树，我这辈子最早的精神家园便来自他。当我游历过一些地方，经历过一些人和事之后才明白：空洞的美貌没有多大用处。

年轻时我和几个女孩子去邻县的山区里给一户人家改良果树，他家族有人是区干部，给他儿子也谋了个小职位，他们一家人都很喜欢我，可是我嫌那地方不好看！很多时候我也看不明白自己，我从来不喜欢自己的出生地，嫌弃那里光秃的塬和逼仄的山沟，反正由小到大都想逃离。等长大后去了一些名山胜水，又发现我的出生地多好啊，那么小巧可爱，那么多条美轮美奂的河流，那么多有回声的山崖，那么多形状各异的怪石，而且，山野里永远有好吃的，即使大冬天我都能摘到熟透的羊奶子果，之前它酸得鸟也不吃，可一经霜它便又甜又软。

更迷人的是，那里流传着各种树精巫怪的故事。成长过程中，每一刻都为了走出去。走出来后，又觉得好像每一刻都从没离开，好像依然和过往的所有人和事生活在一起。

在我的村子里，那些被我年轻时带出门学过果树技术的女人一辈子都记得她们去过的地方，而我差不多忘记了。我想，游历使我内心强大，虽然在你看来我也许像一团风滚草，身上沾满沙尘、毛刺、牛粪以及各类种子，什么都有。

并不是每个人都喜欢游历的，比如我台州家里的这位，他可以一辈子待在家门口悠然自得，对于他，哪一片天和哪一片地没任何区别，出门会让他无法自抑地难受。并且，我发现很多这样的人，无论男女，他们所有的生命过程只要在家乡完成即可。可我不行，即使居家也把附近几十甚至百里内的村镇常走常看，让行走成为一种生活状态。这种行为能影响到周围人，先是我家族里的亲人以及左邻右舍，他们是赶周末去附近游玩，后来村里的老人也嚷嚷着要出游，九月九重阳节不要油和礼物，叫村里出钱包车带他们外出旅游。后来，县旅游局也知道了我们这村人好旅游，凡打折的旅游便都来村里叫人去。我们那上下两村好多人都去泰国、新加坡旅游过了。

只是我，倒是几十年还没走到西藏。

读书就是为了明理

读书，就是为了明白道理。我觉得思考是简单的事，甚至动物也会思考，它们取食、争斗、躲避天敌时的机警与智谋，或在人面前耍小心思，不远千里的水陆迁徙，比人类更完美的爱情，如此种种，人甚至无可企及。区分于动物的是，人类有更深刻的思考，并可以用双手把思考转化为背负的责任。黑暗时代，绝大多数人没有书读，直到伟大的新中国开创了美好时代才人人有书读。因为读书，大量优秀的人才迅速改变了中国的落后局面，并且短短几十年使中国跻身世界前列，同时，更多人靠读书改变了命运并由此改变了别人的命运。

在我很小的时候，我从旧桌下翻到一本无头无尾的残书，是我哥哥不知打哪儿弄来的《红楼梦》残卷，他读完忘记了再没理会，我读到不舍得放手，原来书里讲了那么多好故事啊，由此便渴望读书。那时哥哥每星期从学校回家都会带学校的杂志，我便抢着先读一部分，他星期一早上去学校时便带走。那时大开本的杂志也尽是连环画，文字断断续续，好多故事读得没头没尾，让我好多年都在惦记那些人和事的前世今生。

小时候我视力很好，可以在月圆的夜晚于屋外场圃里看书，记得哥哥带回一本杂志，它的后封面有一幅日本的画，题为"冬日"。整个画面以迷蒙的白色为底，一棵落尽叶的大树伸向天空，它的每根树枝都蓬勃待发，所有的枝都在冬夜的月里闪着银光，分不清到底是霜还是雾。我非常震撼，原来画可以把事物描绘得如此真实。

我盯着这幅封面画细看了一夜，它的月色似乎在我所处的真实的深秋寒凉的月色中变幻了色泽。我一生一世记着这幅画，没有一刻忘记。

那时我哥哥会画人物头像，画了很多挂在墙上，我非常崇拜他，一再请求他教我，他眼睛一乜一斜，从来连哼也没一声。虽然他不教我，但我现在还是自己学到了，也算是老来圆梦了。我哥只会为自己打算，可那些真懂为自己打算的人至少很努力，他并不努力，画了几幅头像便要在县城开间小店余时为人画像赚点儿钱，说了好几年，却从来没有行动过。到我妈临死，她都患失忆症了，却记得叫我哥给她把后事办得风光一些，这时我哥却颇是怨恨地对妈说："以为留下一笔钱给我的，却是交代我出钱！"

在农村，我的小学只有一个正职老师，到初中时，语文、英语也都是代课老师。我的数学老师有时一节课甚至两节课只讲一道例题，一本教科书一学期下来很多题目没让我们做过，也压根儿不懂风向。初中的两位校长都住学校，我看见少年杂志上那些陌生的少年的短稿和图画非常羡慕，便幼稚地去对校长说了几次，我也想做到那样子。但一位校长正为他儿子不会读书而烦躁，对我的话表示不屑。而另一位校长办公室里有一把胡琴，我喜欢音乐，每天中午去拉那把胡琴，可它是校长的宝贝，没几次便锁上门不让我进，这且不说，在头脑简单的年代，他认为我早熟，是为了去爱他的儿子才跑去拉胡琴。所以我少年时并没有多少有价值的读书经历，而是一直处于瞎看乱看的状态。

中学不远处，隔一片田垄是乡卫生院，一个四合院式的院落，由几排平矮瓦房组成。卫生院屋里拐角处报架上有几份报纸，那时报纸上会有些连载小说，我偶尔去快速读完那些报纸。后来到高中时，发现很多出生于父母有文化的家庭的同学学什么都非常迅速，而我却这里那里既摸不到边又没有头绪，就是因为在农村实在没有学到知识，也没有学会方法。

我小时候常跑去大姐家，只为去那里能吃到一顿好饭菜。大姐夫的楼上有不少书，我的外甥们好吃好玩不爱读书，我去那个灰尘很厚的阁楼借着两片玻璃瓦的亮光看了好几本书，其中《基督山伯爵》刚看了个开头便没的读了，但知道了外国人的文字写得好。后来长大了去图书馆、书店没有找到这书，但遇见了俄国文学，大多数是二十世纪五十年代末六十年代初引进翻译的文学著作。那时县城破旧的图书馆里中国现代、当代的各种书都是空白，古典书籍更是空白。我花两元钱办了个借书证，陆续读了契诃夫的一些短篇小说、高尔基的《童年》和《我的大学》、托尔斯泰的《安娜·卡列尼娜》等。图书馆里没有《钢铁是怎样炼成的》这本书。书店里有，但重要点儿的书一律码在高高的书架上。你要买，得指着那本书跟售货员说，售货员高冷傲慢地叫你给完钱才递给你书，即使打折的书，也不会让人免费翻阅。

  但那时我很无知，读哪些书便思维固定在哪些书的场景里，与现实融合不到一块儿。另外，我迫切地需要解决生存问题，读些死书还不如学个一技之长。那时我妈六十出头了，她不再做事，包括家务，只忙于怨恨，成天数落许多事情。她五十岁过生日时，我哥给她买了一斤荔枝干，她剥开吃时发现已生虫，她觉得不给她买好货，就埋怨了上千遍。又说我哪个姐姐不回来给她做家务、养猪，说了几年，反正她觉得曾经的功劳苦劳没有得到回报。她都没想一想，即使是县城里的那些有职业的人，也多数过得捉襟见肘。我爹那时七十几岁，已不怎么下地劳动了，我本来毫无怨言地种田地打粮食养活一家三口，当时她对大姐夫说做生意是下贱事，大姐让我学手艺，我妈说学手艺是穷苦命才干的，但这时，见人家沿村卖冰棒的人却又极怨我没头脑，应该上午卖冰棒赚几元钱,下午再去种田。

后来,连我和村里姑娘们去看个电影也不准去,甚至连笑也要挨她痛骂,在家庭里竟活得如此凄凉。我读报纸收集到很多信息,山东寿光已经试验塑料棚里种反季菜,但是那个离我太远。我们湖南农村也有文化人开办工厂,或用新技术做农业,我选择距离最近的一位老师,在邻县,有长途客车能到,只要两元几毛钱路费。我偷偷卖了自己种的二十几斤米,不到十元钱,也就来回的路费吧,离家而去。

我那位老师家里成分不好没法上大学,也因此没了外出工作的机会,后来他跟一些县里下放到农场的老师学了很多树种改良技术。改革开放后,国家要绿化山林,建设果林和生态林,这下子他得到机会带领一大家子人赚了大钱。

我去时,全国各地去学习的年轻人包括他自己家内外一大堆亲戚都同吃住同学习。那种学习也是劳动。在田头地里,成片的桃子、枳壳、板栗、柿子的秧苗长到几十厘米高后,大家从离地面二三十厘米处削开小树苗茎皮,再切下优良树种的未萌芽段贴合到小树苗上,最后用软塑带密封绑定。十几天后,新芽愈合长出,再由人剪除传统原生枝,等秋后苗成即可售往全国各地。

今天,人们可以很简单地买到各种越来越好吃的水果,其实就是这么育种的。

当然还有很多更先进的各种农业新技术,都是需要通过学习才能掌握的。

但是，我们不能只是为了生存而读书，除了学习某些技能之外，读书还有更多的作用，比如修身养性、懂事明理等。也许在很多人看来，不实用的东西不值得浪费时间，但在我看来，读书与画画一样，都是在提升我们这个世界的美好。这种美好，也许是无用之美，但是，美本身不也是一种"有用"吗？过往的几十年，我虽被迫远离了学校，但我从未放弃读书。读书是我一生的信仰，是我的灵感之源，它与画画相辅相成，互相为对方的美好添砖加瓦。

未来的岁月，我会继续坚持读书——因为热爱。那么多年我的处境一直都非常糟糕，但读一本书，就能让我忘记暂时的孤独。比如有一段描写黄昏的文字：太阳早已沉下山岗，天色暗下，月亮没有升起，四周一片寂静，山梁边孤独的土屋子里，那个老人蹲在门槛边往长烟杆的斗里压填烟叶，划亮一根洋火点，又划了一根洋火，点着了烟叶，烟油吱吱地响。四周更暗，只剩下那点暗红色的烟火在黑暗中忽暗忽亮。

我一辈子都记得这样的描写，把孤独、渺小、寂寞写得有如天境。这时作者与读者的两种孤独相遇，便成了陪伴。我感觉自己也进入了文章里，和老人在一起，那处山冈，就在眼前，或许，在未来某个时分，也可以折叠收藏，永远携带。

我还喜欢读《诗经》。《诗经》里描写了很多浪漫的爱情故事，看到那些故事，我所有的烦恼都消失殆尽了。我因为自己的处境，从来只能随缘读一些书，年轻时是读故事和风景，后来读书里的人和风俗，最后才懂一点儿书里的社会、人心及策略。通过不断的读书，我慢慢明白：读一本书如见一些人，他们逐一打开了我人生里的结，消除了我思维中的纠缠与痛苦。

到四十几岁以后，那时网络兴起，书降价了，我经济条件稍好，才开始陆续买些书读，如《史记》《春秋》《左传》《诗经》及唐诗等，这些书需要在家里静下心慢慢来读。对于武侠小说类，我基本没读过，因为它们在爱好之外吧。

读书，就是为了明理。不读书时，人们基本都是为自己着想，这固然没错。但多读一些书，就会慢慢学会为别人着想。

你可以将人渡向彼岸，也可以在夜来临时，点亮一盏灯。

唯有玩是人生大事

《诗经》里有一首诗描述了古人玩乐的场景。一个姑娘和一位青年相遇,问男子干什么呢,对方说没干什么。又问他河滩上的集会去玩了吗,男子说已经去过了。女子又说,我还没去哪,边说边看青年的表情,然后提出让他再去玩一回。男子稍稍犹豫,点头同意,便和女子结伴去河滩玩。在那种遥远的时代,人们获得整片平坦之地不容易,因为一把刀一把锄头都还不知去哪儿弄呢,能冶炼金属的人世上没几个。而河流冲刷出大片平沙与精美石头,秋天的水位稍稍落下之后,草也枯萎,人们便选日子在有河滩的地方举行仪式,求福,祷山川之神。那时啊,没有什么男尊女卑,也没有规定不让女人出门,除了吃的难得到,自由和现在一样,还有比现在更自由的,就是无须谈钱。

唯有玩是人生大事,虽然那时也实在没啥好玩的。人们到了空旷的沙滩,各找一块石头坐,或找个大石头一伙人都挤上去坐,抬头看天,仰头吹风,或你看我我看你,没有百看不厌,也不得不看。虽然并不好玩,可相聚便生欢喜，只想常聚不散。而今天，即使普通百姓的农舍也远比几千年前的宫殿豪华和宽大，谁家也都有一些金银珠宝。如今人们被篱墙隔开，那种好玩的风景，但凡有一小片，也立马被围栏护网锁住，谁要去玩，便要钱，然后开门，赶鹅鸭般放一堆人拥入，挤得大伙差不多四肢像变形的气球玩具。虽然无奈，虽然辛苦不堪，可仍期待下次再来，只因相聚很难，只因聚会是五花八门的孤独相集合，当一些孤独看着另一些孤独时，人们生出奇妙的欢喜。

所以出游这种娱乐，人们亘古不变地喜欢。

还有一种玩法——抛石子。我读过一些古代的故事，古人立一根柱或找棵树，往柱或树上掷土坷垃，非常热闹——在过年或庆典时玩得更热闹。这个我们人人会玩，只可惜大多数时候无地让你玩，街上和公园里压根儿就找不到石子，去农村太远，何况农民大都不在家也不在地里。但如果想试试，可以捡片落叶往树顶上扔呀，保准很精彩有趣。据说古代有一位玩这个的高手，在繁华的城市中有一片不大的泽地因为不能建房，便没有人要，这人以很便宜的价格买下，然后立了几根柱子，出告示让人们来这儿扔石子、土坷垃玩，凡扔一百次都击中柱子某高度的，不收钱，击中三百次的，赏多少文钱，多次没击中但一连来扔了几天的，赏炊饼几个。在这座繁华的城市里，无业的人很多，见有好玩的，都背着石子、土坷垃去玩啦。不到两年，泥沼地全被精卫填海一般的玩者填平，他便打木桩下去固定地基，在上面建起一大片房屋。

你看，会玩的人让别人玩，他还有所得！和现在做游戏产业或娱乐产业的人一样，他们研发个软件出来，让人们自发地去玩、去放松，他们从中获利。大部分人还能控制工作和娱乐的度，但也有一些人沉溺其中不能自拔。

有一次在高铁上，旁边坐一对时尚情侣，上来时那么亲密，但很快双方就没了交流。男孩进入了他手机里的游戏，声音调到静默，完全忘了身边的另一半。女孩几次肢体语言表示，男孩都没有回应，她很愤怒，伤心绝望地数落男孩。男孩关了游戏，冷漠地等待，他脸上意难平，割舍不下，心想数落完了没，这如何是好，到几时才不来搅我打游戏呢！

当这个女子再绝望几回，这一对情侣便散伙了，只要男孩再沉溺游戏。

在农村，空闲时大伙围一圈搓麻将或打牌，其余的人在旁边看，放学的孩子也在旁边看或他们也凑几个小凳打牌，我见那些当父母的或祖辈的手里边玩嘴里边呵斥小孩："你个死不争气啊，书不背，作业不写，学玩游戏啦，看我回去打死你。"于是孩子们散开，写作业去了。但你一细看，他们哪里有心思在书里：左手乱翻书页，右手握笔涂鸦，就是没写出几道题来。所以啊，父母不陪伴孩子，不作为道德榜样，却一味指责孩子不努力上进，这不大可能帮孩子进步。孩子幼时没有得到扶持定力，很容易在成长过程中沉迷游戏，因为那个不需动脑也不用动手，如毛驴眼前吊挂胡萝卜，看着真有。

有的孩子很踏实、能吃苦，可换个环境他就会暂时不适应，内心躁动也很容易迷上游戏，但如果他能得到恰如其分的指引去做适合他能力的工作，便能很快转变过来。

其实那些盲目追星、玩乐的少年及成年人，大多数是因为他们少年时没有得到父母的良好陪伴，于是他们过得没有目的，没有充实的思想。其实不说那些跑步、远足、健身、跳舞或别的爱好，我们擦桌子、洗碗、做简单好吃的食物犒赏自己、在桌上摆盆自己的插花，都属于娱乐休闲啊。总之，任何时候，学个自己喜爱的小技艺，快乐而充实着，比如有的男孩偏要学打毛衣，女孩偏喜好学飞檐走壁，都很好啊。

我们教育孩子，也被孩子教育

孩子一出生就是父母的老师。
那主要是和双方的认知提高了多少。

孩子一出生便是父母的老师

现在的人特别重视教育，孩子还没来到世上或刚一出生，一家人便都在竭尽全力为他的将来做各种事情。很多家长拼命在物质上做攀比，这个要最好的，那个也要最好的。比不过也要比。却不想想，这不仅会让自己的家庭经济压力巨大，更会让孩子形成错误的金钱观甚至错误的人生观。

然后当孩子稍大，你去菜市场或商场，看见很多家长对卖菜的说，我买这个，买那个，我家孩子最爱吃那个了！要么在商场，孩子指着这个我要，买，指着那个我要，又买，好像能买给他、满足他便是幸福的意义所在。我在工厂上班时，每天一堆女人各在自己机器旁互相闲聊，都在描述啊哈我儿子可爱吃肉了，一囫囵一大碗，另一个又说，嘿，带我孩子去吃肯德基，吃牛排大餐。反正，他们的孩子喜欢的，极力供应，不喜欢的绝不买，认为挑食是孩子的才智！更可笑的是，等孩子长大读书时，若成绩不好，女人们又大声在人群中怨愤，啊呀我孩子那老师不好，他不懂教书，瞧我们夫妻都培养孩子那么多年了，到学校他却不及格。

一句话，自己的孩子绝对会吃、会玩、聪明，都是别人不行。

这样子教育出来的孩子长大后会成为一棵空心菜，除了自私，没有任何能力，更不懂做人。

其实，孩子一出生便是父母的老师。年轻人有了孩子后一夜之间忽然心智成熟，之前见条毛毛虫也吓得哇哇逃避的女孩，这时即使见条恶狗，也满脑子智慧抱着孩子全身而退。年轻的爸爸细心地给婴儿换掉黄澄澄的开裆裤，粗心洗个手又扒拉下一碗米饭，甚是香甜。

我的女儿快两岁时，学会了很多话，又跟着别人唱歌并用脚尖击拍，映在我眼里是世界上最幸福的意义和希望所在。可是她小小的人儿，气恼时竟把桌上的碗推到地上！这么几回，我马上反思，是我自己在生活的痛苦中发无名火砸东西出气，她便有样学样。我的脾气源于我的母亲，她一生都在怨恨，怨到后来，生活中只剩下怨气、怒气、郁气！我妈成天拉着脸数落人，在那样的原生家庭，我打小心里装满破败情绪，非常渴望有亲戚来走动，以得到另外的快乐。我不要我的儿女过这样碎心的日子，于是决定改除陋习。即使很不容易，时常忘记，怒火无由来袭，驱赶它又使自己莫名痛苦，但是我认定必须养成好性情救赎自己，也为孩子营造舒心的成长环境。有次我打一处路过，见到别人家的俩小孩正在合力打我小小的女儿，那俩孩子的妈就是被他们的爸家暴打跑再也不回来了,我二话不说捡根碎竹枝把那俩孩子各狠抽几鞭,问他们还敢乱来吗。他们飞快地跑了。

抱女儿回来,我告诉她要学会看人,不好的伙伴再也别来往,以免受伤害。女儿小小地长了个大记性。又有一次我回来,看见女儿在楼梯上低声哭泣,一问,是邻居家一个智障女孩打了她,我说:"你还手打呀,她动手你立即出手,这时候谁也没理由,打过她你就获胜。不哭吧,哭没用,动脑子才有用,孩子就是要从小学会保护自己!这对于家庭非常重要。你看妈妈不可能随时陪着你、保护你。"于是我女儿便弄了条小竹棒,平时当竹马骑,又当拐杖,又在手上舞弄,更用来防身,见谁眉眼不对劲,她便高高挥举小竹棒,从此再没受过欺侮。

女儿几个月大,我在墙上贴了几大张各颜色图案的拼音字母表,她哭泣时,一张嘴,我便抱她看字母a,并和她的哭声同时发声,她的思路被打断,止了哭,奇怪而稚萌地看我发声,停顿一下,又想起她还有哭的任务,于是又张开小嘴哭,我不管,接着往下发其他的声音。我用这种方法,让她还不会叫妈妈时,就懂了拼音。每当她开哭时便小手儿指着墙,我把她抱过去,她哭一声o,又哭一声b,啼哭声简短却不掉眼泪,还不会走路时竟然翻开书想找个拼音字母。这种"哭声训练法"削减了她本能意念里的欲望,让她学会了自己找乐趣。

孩子两到三岁，正是捣鼓东西、好奇心十足的阶段，她两岁半时，我买了本《唐诗三百首》，从第一页开始教她读，让她自己小指头一字一字指着看着读，几遍过后就可以自己去玩了。第二天读下一首诗前先让她自己读昨天的诗，她没认出一个字，我说昨天白读书啦，再教几遍。到第二天回读，她认出好几个字，说明她接受教训，第二轮过了脑子长了记忆。她多读几首后，我给她解释一些字、词的意思，顺便讲那些诗里的各种小故事。

这时候的孩子非常淘气贪玩，哪里有心思学习！我于是开出条件，她自己学一首新诗，认不出的字我告诉她，让她快速背出来，便可自由。二三十个字，她读五六遍便能背诵了，所以她玩游戏时充满成就感，因为她是做好了功课才玩的。过了一半年，唐诗已背过很多，我找她来读和背前边的，好多都忘了，我趁机说："瞧你，还厌倦地不想学习，这么快忘了，差不多白费工夫啦。"

于是又改变方法，叫她背诵完还得以她的见解给我解释一遍，错了没关系，告诉她不是那个意思，而是这样子。并且到自学下一篇时，上一篇又得给我讲解一回。这样，我女儿没有上幼儿园，而是自己读完、解释完《唐诗三百首》，又另外读了一些小书，就已经会写句子和段落了。

在她五岁时我送她去学校，向校长要求跳过学前班直接上一年级。校长是位四十多岁的女性，很和善，但也有原则。我很固执，并与她谈我的处境，说我迟早有一天要面临大变故，让孩子早一两年读书，到时候她的承受能力更强大一些。这位蔡校长为了打消我的念头，找来二年级课本随手翻篇长文让我女儿读，我女儿不费力气地读完。校长又在纸上列出十道算术题，这是我临时于三天前教会女儿的十以内加减法，她摸索着完成了。校长于是让我赶紧带她去参加插班考试。

校长办公室离教学楼还有一段距离，我们拿了校长的条子走着去。除了她在襁褓时见过拼音，之后我就故意避开不教她了，因为这些内容老师会详细教导，我担心她跟我学过后便会在课堂上三心二意不听话，没想到这次要考拼音，真是碰上坎了。

教学楼一层的一个大教室里坐着二十几个来参加插班考试的小孩，监考的老师姓林，一位白皙温和的中等个儿女老师，三十岁出头，一见我女儿小不丁点儿便有些看不上眼。考试开始，我女儿却对着白纸不动，只是看着黑板上笔画古怪的拼音字母发呆。小孩不懂事，她不知利害关系，认为写不来便耗着不写。幸好这种考试家长有些自由，趁林老师走到大教室另一边，我进去对女儿小声提示，这种拼音，o就是算术里的零蛋，n就是方门变半圆拱门，w就是表示你小时穿的小开裆裤，m是大门由两小拱门组成，p就是你小时竹棒上绑气球，等等，并严厉地告诉她，你今天写不出这些拼音字母，我便不要你了。这下她得了道，劲头上来了，十几分钟便写好了拼音，但只会读a、o两字母的发声。这已万事大吉。

因为我有计划地早点介入孩子的学习，所以省去了一大笔幼儿园费用和学前班一年的时间，让她五岁就可以读一年级了。开学时，一年级的桌子比学前班的高，女儿个子矮，就站着上课，老师不在时，便蹲在板凳上刚够着桌子，就这样写作业。我竟然不知道，她也没提苦。二年级下学期有一天她十分高兴地告诉我说："妈妈，我长高啦，能够坐板凳上听课写作业啦。"我才明白她这么小，如此坚忍！她的班主任林老师非常喜欢她，一遇到下雨天，见她在外面便冒雨抱她去教室。

那时我没了丈夫，面临既要抚养她又必须去广东打工的两难问题，只好将她寄养在亲戚家，那时她才七岁。与此同时，我非常感谢蔡校长的开明——这时我女儿已读三年级了，基础牢实。我和女儿说明白现实的处境，必须暂时分开，告诉她亲戚家永远是别人家，难免苦多乐少。你自己在长大，长大了你自己会有家，那才是你自由和快乐的地方，要达到那一步，你不但要读好书，更要为好人。重要的是，你在亲戚家一定要隐忍，不给你的别要。妈妈付你生活费，但你一定要学会自己洗衣做饭，自己看好时间起床，只交善良的好友，其他都是多余。

结果，我的女儿寄居时，有一年多的时间被扔在一间别人弃居的房里，幸好是小区人多，她才八岁，自己黎明前上学，天黑归来，自己切一个土豆丝炒辣椒，或辣椒炒一个鸡蛋，自己洗了衣服，爬板凳上晾晒。小区里的人们都说，这么个好孩子谁家生的呢？

　　其实我亲二姐一家就在楼下做生意，但对我女儿视而不见。可是我的女儿她自始至终没怪过我，也从没认为那是儿时苦难。

　　她交了一富一贫两个朋友，富的那个是农业银行主任的女儿，大我女儿三岁，当然我女儿不知道她家有什么钱或地位，但那女孩天天要抄我女儿的作业，于是两人经常在一起，那女孩吃什么都留一份，到学校瞒着家人给了我女儿。后来那女孩见我女儿从来不在街边买零食，才知道她身上从来没钱，便给我女儿二十五元钱，幸好她懂事，没花，装在了书包里，果然不久那女孩的外婆追问二十五元钱的去向，那女孩便来商量，我女儿就把钱奉还了。可是那女孩的外婆却无风起浪，追问外孙女到底钱又打哪里拿回来，指定我女儿是穷鬼，缺教养，打小便当骗子。因为她家有些权势，老师也噤声，只是让班里同学不要乱传流言。后来那个女孩又来和我女儿说话，我女儿疏远了她。

　　遭逢这次冤枉，我女儿心有余悸，上大学时，发誓不上财经系，不和钱打交道。

她的另一位朋友，不是同班同学，但在一个学校。那女孩大我女儿四岁，她跟着从农村来小城打零工的父母来到这个学校，她父母超生五个，她的哥哥、姐姐十三四岁便辍学外出打工谋生了。她们俩会在星期天或假期一块儿悄悄地去近郊农村玩一阵，捉些蟋蟀、蝈蝈、四脚蛇，一捉到手，我女儿提议放手，两人于是都放手，看它们在草间逃窜，快乐无穷。

女儿是我今生最得意的学生

当我再度成家,把女儿带到新的族群面前时,她才十来岁,到了一个陌生环境,她觉得那么孤独,总是求我牵住她的手。可是我一直在教她独立、自强,很少体谅她内心的脆弱。我成天忙于去赚一点儿养家糊口的钱,心想:女儿啊,妈妈都累得抬不起牵你的手啊;女儿呀,没人为你我付出,那么我们自己付出自己得到吧。女儿很快得到新的快乐,发现她的继父心地幼稚,说出来的话是她六岁时向我提过并得到解决的,比如他当时三十五岁,见自己好容易成了家,便做打算,说:"等到我们有钱了,等到我们哪天有钱……"我女儿小时候想吃一个白水煮鸡蛋,可是在我最艰难苦恨时,竟然拿不出一毛钱给她买一个鸡蛋来煮,女儿便安慰说:"妈妈,等到将来我们有钱了,就买三个或好几个鸡蛋来煮了吃,好吗?"

我告诉她谁也等不来钱,我们唯有动脑又动手,穿越苦难,找到或开创自己的生存空间,然后,我们就能遇到钱了。钱并不是个东西,它只是由一种物品换成另一种物品时的中介。记得我那时用一些简单故事跟她说钱,为的是回答她盘根究底问读书与钱有何相干的问题。

钱永远不是你等来的,并且不一定是由你赚来的。也许你哪年哪月也不会有钱,但总会有一些需要的东西就在门口,我们随时能想办法得到。后来我养了鸡,得到很多蛋,女儿却再没吃鸡蛋,因为童年没吃过,胃里缺失记忆,所以她反而不吃了。

女儿慢慢长大,觉得家里这么穷没面子,我于是把赚的所有工资用于建房和装修,好让她在同学面前抬头做人。她喜欢一条白裙子,快读高中时,个子长高裙子显短,她自己动针线说拆下边来放长一点,我立马拿出口袋里仅有的钱让她去买新裙子。衣服是穿给别人看的,得体的、用料好的衣服显示人的气质和优雅风范。

从小到大我没让她穿短裤和短裙,她问为什么,我借口说你看,风里雨里的大腿露外边,娇嫩白皙的皮肤不到成年便晒得皱巴巴啦,况且老了会积成风湿病。她很相信,并告诉她的女同学们。有一次她高中女同学穿条短裤来我家玩,听我女儿在小声说她,后来那女孩便都穿长裤来我家。

读初三时,女儿一再要求家里装个电话,那时已经人手一部手机了,她这要干吗呢?结果我发现她早恋了。对方是她们班的班长,并且优秀到成为初中段大部分女生的偶像,她们都想在校园的路上与他对视一眼,可这么个孩子却一心一意来追我家女儿,只想在下课和放学路上见到她,我女儿傻乎乎的,很感动,也喜欢他,所以要装电话和他暗通情愫。我觉得很好玩，这人长到少年，没经历过早恋岂不虚度光阴？

我没当回事问女儿，你愿意久居林下呢，还是将来走向更广远之境地？没有白给她广泛涉猎各种知识，才十三岁她就听明白了一半，反问我恋爱又不耽误学习，干吗不行呢？"我没说不行呀，"我说，"只是你看哈，到了高中，相比这个小镇，它聚拢来全县的优秀学生，那时你会遇到比他更优秀的男同学来喜欢你。接着到了大学，你们都成年了，思维更全面，那时是以修养、学识等来品人，那个时候，如果你这个初中同学持续优秀，你们的感情也一直没变，再恋爱也不迟啊，况且如果这么早定在一块儿，那么接下来，互相限制，互相矛盾，各种缺点就出来啦。"

我自始至终只给她建议，从没有要求她怎样或不怎样。果然，她和那个男生相处半学期，看出对方不少缺点，而且觉得他并不像初见时那么帅气啦，就分开了。

我的女儿，在她二十七岁前，走遍中国南北，又游历了欧洲、亚洲三十几个国家。在她幼小的时候，人们指着我说你这副穷样，你的女儿读个初中就叫她打工吧，就别做读大学的梦了。

我从来对那种人嗤之以鼻。

很早以前，我从外地打工回来见我女儿，她告诉我很羡慕别的同学由家长出钱去参加兴趣班，学书法，学电脑，学什么的。我找到一本我外甥留下准备卖废品的《初三英语》,叫我女儿自学,那时她刚读小学四年级,没把我的话当回事儿。我在她面前坐下来,慢慢地对她说:"比如练习写字,我们看任何一本书里任一个单独方块字,仔细看清它如何摆放身体,就是每一个字,它手脚部位如何安放,达到唯美,哪笔长,哪笔斜,末了字还好看。"她就是在那时候开始有意识地照字体练习,后来,字写得很漂亮。

关于学英语,也是因为她看见别人在上兴趣班而想学的。我跟她说:"汉语拼音来源于英语字母,那么你只需从拼音再回到英语就行。英语,它不过也是一种方言语系发展开来,比如你在英国住两年和本地人来往,自然就会说了。"我简单地让女儿直接拼读一篇初三课文,她支支吾吾地一会儿便读了出来!

她太伟大了,我太有成就感了。她是我今生最得意的学生,她的自信与努力干掉了一个又一个钱的问题。我女儿就这么知道了学英语其实很简单,后来在她工作的过程中,遇见英国人就抓住机会向人家请教,永远追求进步。

父母是孩子无形的榜样

我一再强调孩子一出生便成为父母的老师，当然不是说她天生教会你什么，而是我们要就此对前面的人生加以总结与反思，对后面的事情有规划。有一次排队做核酸时，一个年轻女人站在我后面，她观察小树林旁玩落叶的一对兄妹，听他们用英语对话，马上去问孩子英语为什么这么流利，男孩不在意地说，我在美国住了两三年，读一年级才回来。女人羡慕得不行，自言自语地说必须想办法把小女儿送到国外居住，借钱也得去。我当然没吱声，但认为她有些偏激，我们这么大的国土，到南方，温州话、闽南语、粤语，还有更多少数民族语言，语言多了去了，相比之下，英语太容易学啦。再简单些，你在家学几句文言文，也跟学英语一个道理，一切功课都是相通的。我帮女儿弄懂了这个道理，她高中时便在周末回家时把日常生活中的事用英语表达。当我去镇上买菜时，一个面店老板反复向我炫耀他儿子大学英语过了四级，我没吱声，他加重语气问我听懂他的话了吗？我有点儿想笑，走了，还是没理他。

在人人都可以出国的时代，大家争学外国的语言，可是在最早没有国界时，不同民族的人交易商品，双方语言不通，用手比画着也能交流。就是说，请大家一定想明白，语言的根源在哪里，它其实无须刻意学习，只要到实际运用中思考明白了，就会水到渠成快速学会。

很多为学而学的事会适得其反。

女儿从来好玩，我从来没有反对她，当然绝不是不管，只是告诉她，山外有山，天外有更好玩的天，如果你简单地玩，几下便不好玩了，书里边有无穷无尽的玩法，世界上有很多好玩的地方，我们不知道的别人写在书里，你读啊读啊，就都找到啦！当你书读到某种层次，就会得到相应层次的收获。比如在古代，人家读书中举，便可以获得职位管理一方土地，这个人便一下子坐船骑马去更远的地方玩啦。乖女儿你看当下这美好时代，女孩也能考取举人——就是大学生，你如果上好一点儿的大学，校长给每位同学发一匹马便都能去更好的天地玩啦！那时她很小，信以为真，为得到一匹马而读了《天方夜谭》《格林童话选集》等一些书。

她从来不等我去教或查作业，总是主动做好那些题目——因为怕我抓到她又让她给我讲课。我之前总让她回来给我讲课，并且要讲老师所讲的以外的思考。她觉得麻烦，还不如她做好然后自在去玩。这是从两三岁开始练成的定例，讲课时间绝不可长，不能超过十五分钟，不然她会厌倦。邻居家有匹拉货的马,不干活时系在离我们不远的房后草地里,女儿记着考了大学后校长会发给她一匹马,便捡甘蔗尾巴去喂马,每次老远便叫它:"马马,大马马。"

她伸手喂它,马嘴太长,一伸下颏叼住她衣袖连甘蔗尾巴带人提起来,吓得我魂也飞了,天哪!可是马非常通人性,它十分轻柔地把孩子缓缓放在地上,再吃甘蔗尾巴,多么乖巧的马啊。我赶紧抱走女儿。这让她长了记性,以后凡事站远点儿,也不再去喂那匹大马了。她努力读书,等着长大骑校长发的马去玩。

后来再大一点儿后,她自然明白了我当时是在诱导她走出懵懂。但问题又来了,她问我为什么要读书,反正是长大,玩大了直接赚钱不行吗?我自己幼时及少年时也反复问过父母,妈说不上来,我爹说为了中状元。其实父母的答案在幼年时会刻在孩子的潜意识里,我自己就是这样子的,我深信父亲那句话,虽然我从没想过中状元,可一直在学习,这也直接成了女儿无形的榜样,她也在学。所以她不止一次地问,我不止一次耐心地答,说呀:"读书其实是为了过日子,很古远的时代,人们没有书读甚至没有文字,但发生了许多事传不下来,于是就要发明文字来记载,所以我们才能从书里知道从前的人经历的事,学习好的,避免坏的,少走弯路,比别人懂得更多。懂得更多,事情自然做得更好,事情做好日子便更好啦,而不读书脑子空空的就得不到为人的方法呀。"女儿听明白了。

到她十四岁时，初三考高中，我见她气定神闲的样儿，便极少再过问她的事。她又奇怪了，问我干吗不管她了，难道不怕她又早恋什么的吗？我随意一笑，说已经见她有定力、性情沉稳了，现在她可以独立思考，我当观众即可。她轻松自如地上了重点高中。我非常为她骄傲，这是我和她共同的成长。

到高中后，她同学中又有一帮同学是通过关系入学的，整天吃喝玩乐，为了抄作业又带我女儿去玩。有一两回，女儿周末回来说："读书干吗呢，有钱就行！"我一听，知道她交了哪一类朋友了！我对她好好说："是啊，有钱就行！可是，钱是怎么才有的呢？它是思考、眼界、能力赚来的！谁才能会思考、有远见、能干？"女儿说："肯定是读书的人。"

"对啊，"我说，"坐享其成的儿女不听话也不懂父母亲如何创业才来的钱，只以为眼前有钱享受，那么，钱用光之后呢？也许一无所有。说这种不读书有钱即可的人是他们自己读不懂书说的酸葡萄话哩！你看我们广阔无边的国土上，高铁、高架桥、开山穿洞技术、航天航空技术等，所有的一切，是不读书的人造的吗？国家没有这些家业，那几个空有钱的人能守住自己的钱吗？"

我这么一说，女儿着实懂了，再也没说过类似的浑话。当然，她考上大学后，也没让校长发一匹马给她骑，而

089

是自己目的明确且有计划地游历了很多国家和地区。

我的女儿从童年到大学毕业前,生活一直都很清贫、困苦。但所谓的清贫、困苦,从来不是我们畏缩的借口,过简单的生活,意志坚定,胸藏书卷,灵魂高贵,气度优雅而从容,才是我们生活的目的。我的女儿在她成年时都做到了,我为她骄傲。

为人处世的原则

女儿成年时,问我:"为什么继父不挣钱?他不做你也别做嘛,累死累活干吗呢?"我让我女儿不看远处,就看村里的老马,老马游手好闲会吹牛,只占便宜不付出,他女儿小马,很聪明的一个小姑娘,打小无意识地学她亲爹吹嘘并目空一切,还看不起我女儿,说我女儿是外来户,家庭教养的区别便在这里成分水岭啦。吹嘘着吹嘘着,小马高考成绩离三本录取分数线还差很远,最后去读了个什么虚拟的学校,反正,二十几岁后,偶尔回村里来,低头黑脸再没吱声。她小我女儿一岁。

我说:"女儿你看清楚了吗?小马她亲生的爹不养她,她妈也不管,也许那当妈的自己就不懂事理吧。害谁,是害得小马没了前程哇!女儿,你的继父站在这里,他脚下的土地、头顶的屋檐,容许你亲妈任意筑窝定居下来。他那么善良,便足够让你和我感恩!感恩吧!妈妈再辛苦,哪怕是独自辛苦挣钱,养活我们,做人的尊严和体面,这是我们自己的事,干吗扯上他?女儿你再看看你好多的同学,父母双方都吊儿郎当吃喝玩乐打麻将的家庭,他们变成什么样了啊。"女儿便说:"妈妈你是世界上最好的妈妈。"她由此很幸福。

当女儿开始工作挣钱时,只要回来,我便第一时间让她去给我的婆婆送点儿钱,买些东西去,我的婆婆有些智力障碍,得了钱便高兴得满村子宣扬。

我丈夫有两个叔叔婶婶,也很老了,我同样叫女儿每回拿两百元和礼物去探视。他家大婶婶为人刻薄自私,打我把女儿带进村,她就没正眼瞧过,整天说些阴三阳四的话,她的孙子们顶多见了叫她一声,我叫女儿拿钱拿礼去,这些不过是人间正常现象。谁又碍得住你走天下的路!从前我女儿问我说有同学问她学英语的方法,教吗?我说,教!当很多人平行向前走时,路更宽广!不可狭隘为人。

我又给女儿讲了一个故事:

有个女人死了丈夫便带两个女儿改嫁了,那家很穷,这女人和两个女儿怪男的没本事,母女仨经常合力揍那个男人,结果村里人看不下去,把她娘儿仨撵走了。十几年过去,那女人老无所依,又想回后夫家,起诉要求回村,还怪人家赶走她。我想那种人起诉谁都没用。婚姻,不论男女,要想明白你该要什么该做什么。任何时候,教年轻人充分尊重别人其实是让自己得到更好的尊重。我一再告诫女儿,他做你的继父,给你安身之地,这就是你无可估值的得到,村里的人那么善良，见到你一丁点儿好便赞声一片，我们只要记住大家的好，那些坏的都是那些人自作自受啦。别人和你都看见了你继父没钱，可你亲生的爹更没钱哪！所以我说女儿呀，将来即使妈不在了，你肯定得给他养老送终的。

我女儿说当然当然。

我这位丈夫人老实，邻村有个泼皮老太婆一家买了我家隔墙的房子，想霸占我家房子前面的空地盖小屋子，先在地上画一条线规定不准我踩踏。卖房子的人是我可怜的堂兄，他为老婆治病治得人财两空，最后不得不卖房还债。我去问堂兄，卖房签了契约吗，规定界面从哪里到哪里，又告诉他现在这么回事。堂哥说买屋的人趁机压价，他只收钱口头卖屋，不包括别的内容。

那好！我天天在她画的线上踩踏，把她为霸地堆的破烂推倒。这老太婆天天等我下班到门口时往我头上泼脏水，三天后，我也事先备好脏水，她泼完，我立马拿脏水去她后门泼。

她家儿子媳妇早就和派出所串通好，专等着我动手便诬告。派出所很近，走路也不到五分钟，于是两分钟警车就来了，老太婆一家便来抓我！

可是我丈夫他们一村子的男人女人全围拢来，老太婆高兴地张狂大叫："抓坏人，赶走外地人！"我女儿伤心得大声哭泣，骂老太婆你全家都是坏人！我叫女儿楼上歇凉去，以后但凡这种吵架万不可当回事，我们永远只要握住人间正理,越是大乱之时,越须置身事外,因为你永远不可能与这些狭隘的糊涂鬼讲道理,斗他也白费气力,让他自狂自跳,没准何时便不小心跌下悬崖自灭了,你晓得不?

"记住了,永远别吵架。浪费空气。"我对女儿说。

接着,村里的人都来帮我说话。

首先,我的堂姐向派出所的来人说了事情经过,派出所的两个民警便瘪了神态。接着,村里的男人跳到我家洗衣台上,指着老太婆,问:"谁是外地人?赶走谁?"

然后,几个女人推搡老太婆说:"你这个恶毒鬼,这么便宜买个房子还想把村子霸占完不成?这么快就欺负老实邻居,翻天啊你?滚蛋吧你!"

"对,你全家都不是我们村子的,你才是外来人,没到三天就拆别人的家,我们今天便赶你走。"全村人齐上阵,派出所一看风向变了,便说几句睦邻友好的话,走了。

他儿子媳妇还赖到派出所问警察要说法,这么可笑。之后,全村子不理这家人,他们待不下去,半年不到就搬走了。

这件事的过程中我对女儿说的话对她长大后在工作中的为人处世影响很大——她温文尔雅,说话有分寸,知礼节,几乎不与人发生争执,但她在处理原则上的事的时候,会要求自己甚至对手都要遵循规则。

孩子是孩子，父母是父母

我不知道大多数人对无依无靠这个处境如何感受，在少年时，如果我说自己无依无靠鬼也不信。我父母双全，三个姐姐一个哥哥都成了家，并且在我大姐夫照顾下他们在县城里各有一份工作。我父亲早已失去劳动力，可天天仍在地头种菜，只有我妈，当时五十几岁，意气昂扬的样子，她早已不干体力活，每天在为生病做准备——要么正生病，要么往生病的路上走。因为她全心全意记住各种病，并责怪是我爹把她气的，对于儿女们的困难视而不见，却一再怪我们对她不好。我十几岁并没有见识，她说什么我信什么，委实觉得她那么可怜。我都已经快成年了，却穿得烂兮兮，走在路上受尽白眼，没有半点尊严。为了有饭吃，我独自种了几年粮食，完全找不到出路，后来学技术、学手艺都出于最基本的谋生的目的。

在不同时期，我为了生存学了好多技艺。比如煮饭，也很有讲究，把米浸开，架蒸笼蒸，浸米的时间、火候的把控都有技巧，都做到位了饭才软硬适度且香。后来我去大饭店上班，大电饭锅一次煮十来斤米，很多人一煮，那米饭上边煳中间夹生下边焦，哪能好吃呢？我后来把煮饭的技艺掌握了，村子里操办大事我去煮饭，每个人都问谁煮的饭这么好吃，然后马上有人说柳云煮的。

我一辈子没有正式职业，一直在疲于奔命的打工过程中。现在在北京干这份清扫楼层的活儿仍然是以养家糊口为目的，我们一大批来自农村的男人女人都这么生存，大部分人都曾经做过各种职业，开饭店啦，开杂货店啦，卖水果啦，开修理铺啦，好多人曾经都很有钱。2020年的春天，疫情非常严重，我在老家已两个月没有事做，这种情况对于我是灭顶之灾，因为多年来我除养活自己外还打理一切家庭开支，弄得从来手无余款。我故意问家里那一位，找不到工作怎么生存下去，他说睡觉看电视呗！

他再蠢也料定我会想办法，有我在，他可以随时装死还嘴硬。

我懂了，这种男人，世世代代有的，他们生来只为了等女人前来赴死，我就是这种宿命的女人！但我又想到，当身处其境时一定要跳出困境看自己，既然遇上绝壁，不要去撞死，原路返回再绕开！

我就是这样来到了北京，感谢北方的风尘，施与了我这条生活的出路。我找到了工作后告知女儿，来时就是她给买的火车票，不然那个特殊时期我去车站压根儿买不到票。

万幸！女儿松了一口气。

  人有生活之余的爱好很重要，它是我们另一个空间悬空的屋子，可以安放自由的灵魂，也可以把颠沛流离中剥离出的高贵人性保存于此。这种爱好于我，之前是看书，后来又学了点儿油画，就这么肉体与精神互相支撑着过日子啦。

  当然更重要的是遇到了另一双眼睛，另一盏明灯——周老师。感谢她的一再鼓励，也感谢自己与曾经的自己告别，走向陌生，才有幸结识灯塔般的贵人。周老师请一家知名媒体报道我，然后，各路重要媒体都陆续来拍摄和采访。本来三年前来北京我只简单地想：呵呵，老了，找份为大厦打扫楼层的工作很不错哇，但愿老家村子里的人不要知道我扫厕所就好。结果所有的报道迅速通过网络传遍全国，我丈夫家这边的人多见过我老了学画卖画，为我叫好。我湖南老家那边呢，几十年不相见甚至见了也记不起来的同学，一夜间知道了我原来在北京扫厕所惨淡谋生而幸灾乐祸。我初中的一位同桌，在县城里做点儿生意，买了房子又买了养老保险，她说话的语气里漫灌了十分的得意扬扬，问我何以打工？何以漂泊？又问我写的文字几分钱一个字，发哪里了？还担心我听不懂，一再强调我娘家亲戚告诉她——我早就想考大学想得傻掉了！

  她那意思就是：你王柳云落到今天这结局，自作自受，命该如此！并且暗示，若我回到老家去，也许还有条路走下去。

我嗯嗯啊啊大称特称她老板娘,把她夸了好一顿。所以后来又有媒体来问我关于名声之事,我说名声如同羽毛,风起时它随风飞扬,风停时它便掉落于地,做人还是要靠自己,我依然还做着简单辛苦的劳动。我女儿基本上不看关于我的报道,她对我太熟悉了,她成年后有太多与我相异的观点,更多的是她见我如此辛苦却过如此落寞的生活,她十分无奈。

在上海和深圳,我女儿出差遇见她好多同事下载了我的故事鼓励自己,并问我女儿听过这位阿姨的事情吗。我女儿从来不向任何人吐露她太知道这个人的。后来她给我打电话时平静地说,很多人得到鼓励却并没有行动上的努力,说什么呢。

当然嘛,说什么呢,我早已习惯没把自己当一回事,不过是习惯性地努力咬紧牙关活着而已。我女儿特立独行,有她自己的生活,她永远都不会啃老,不会想着靠我养活。她唯一的期待是,她的妈妈能卖点儿画实现个小理想,那样她就十分开心啦。

唯愿她岁月静好

当然，我只有一个女儿，不是生不出来了，而是早三十年前看自己的处境，预测养不起。果然，与我年龄相近的很多人，一溜生出好几个，不几年，或离异，或丧偶，年幼的孩子早早辍学打工。我没有说她们的不是，只是我没有得到家庭的关爱，绝不想恶性循环到下一代，男孩女孩只生一个，无论如何我将以己之力让他有好的人生，所以那种期待在他降生前已经定位，之后的一切教养便往那个方向去。人生，钱绝对不在主位，才华与德更重要，你不信请看那些拿钱投喂出的孩子到底后来有多少有出息了？人生也不是在乎你到了多高的地位，享受过多少山珍海味，地位不说，所谓的吃过什么鱼什么肉，无非是掠夺动物的命来养你的命！人生的真谛在于，尽到了什么责任。这种责任不是空喊漂亮的口号，而是在平凡的日子中，父母安心，自己静心，儿女励志。

我对于女儿的期望，早在陪伴她成长的过程中一一阐述过了，其余的将由她自己在前行的路上去追索。唯愿她岁月静好。

社会角色与自我价值

我确切无疑地是独立女性。
但我还有例外。
很多时候，
我ee孤独更孤独。
所有孤独多了，竟然发现它
成了一种可耻。

我所理解的独立女性

关于独立女性,这与时代相关联。即使独立也分各种情形,当然不可误会为独身或排除于婚姻之外,高尚的独立女性,具有超凡脱俗的人格,能够深层思考,独立处事,把自己及家庭亲友的关系都打理齐平。正可谓"世事洞明皆学问,人情练达即文章"。

要做独立女性,要能够迎难而上,逃避困难固然可以得到一时的轻松,并且迎难而上的选择会给自己造成各种痛苦,但痛苦才能成就人生。而大部分的人,包括男人,都喜欢安逸。谁不想享受?人之初多自以为是地心高气傲,但心高气傲只不过是眼睛朝天而已,一阵风吹来便低头,不低头也可以,脚下乱走,砰地一脚踏空跌磕了头,该经历的痛苦仍然没省掉。几十年前那些图享受的人,要么打牌要么枯坐,什么也不想什么也不动。现在呢,条件好了,只爱享受的人躺平了拿个手机独自便可打牌、玩游戏、刷短剧,那些肤浅的娱乐让他们沉溺,这本是花不迷人人自迷,这些人自己并无意识,他们的生活经历就这么些,很容易被那些毫无内涵的肤浅搞笑的内容牵引着走，没有目标。

也就是这短短的几十年，有幸生逢美好时代，女人可以考学、可以获得公职了，独立女性才多起来，它与经济条件密不可分。我父亲说我奶奶三十几岁守寡时，那时已是民国，她看自己众多儿女活不下去，便去县城里挨户敲富人家的门，求给人家做家佣，没人收留。你说她上哪儿独立去？

有的女人天生命好，娘家有人，丈夫忠诚并且会挣钱，儿女有出息，她的一生顺风顺水，她一生拥有主动权，过得平庸却不失优雅，你说她独立不独立呢？

我的一位村邻，比我早几年嫁到村里，初见时，她儿子六岁，快上学了，相比之前两口子随便赚点儿钱吃饱饭就满足，现在孩子上学，各种手忙脚乱的事儿要操心。这位妻子会用机器织毛衣，丈夫没手艺，前几年她去哪里上班他都跟屁虫似的跟着打下手，不赚钱，但女人高兴，说自己是独立女性。现在一个人赚钱不够家里开销了，便一改往日性子，气得天天骂男人窝囊废，男人不动气不动心任由她脏话丑话轮番轰炸。因为她和我做了朋友，我便去劝她，这样子生气不解决问题，你不如给他找份合适的工作。她小我一岁，也是直肠子，一反思就明白自己的所作所为比较不妥，便不骂了。她男人呢，则在家洗衣做饭带孩子，还种点儿菜吃。

女人的娘家人也上门来好好劝，并托人为其老公在熟人的工厂里找了份出力气挣钱的活儿，女人便高兴起来，见到我总说一句，等有钱了便盖新屋，脸上充满快乐。我说人啊谁也等不来钱，谁也不知钱几时有，但凡想盖楼便趁早动手搭建，我们已解决掉钱的问题。女人便拍板盖房，一边借钱一边还债，用二十几万建了房子，几年后又还清欠债，正好儿子也大了。

她逢人便说我是她最好的朋友，而只有我知道，她潜意识里是个独立女性，和我一拍即合，把事情做成了而已。她过得好，我比她更开心。

有一位和我很亲的女人，很年轻就结了婚，丈夫叫老白。她不漂亮，也不大会打扮，但她丈夫却很帅又聪明。当年恋爱时倒追老白的姑娘很多，老白一直没变心，就看中女的会做鞋子、缝衣服、孝顺他父母，还照顾他年幼的弟弟妹妹。二三十年相濡以沫过来，他们养大几个儿女，住的村子由郊区变成了城区。女人上班的工厂早已倒闭，她在自家门口做生意，加工香肠和辣豆腐，这时她四十几岁，日子一天好过一天。她赚的钱都存在自己的存折上，老白不大过问。

可是有一天，老白忽然出手打她，原因是她做生意时和别的男人哈哈大笑。接下来，老白又去外边勾引别的女人，有个三十几岁的高个子漂亮女人还来过店里好几回，痛哭流涕地对女人说就喜欢你的丈夫，这辈子不放手了！自从那次被老白打过之后，她知道外边肯定是有事了，可这时她不可以乱方寸，离婚肯定吃大亏，首先没有房子。老白出手恶毒，到时赶她出去，后老婆进门享福，自己的几个子女也会无家可归！

她选择隐忍，起早贪黑做生意。

三年后那个女人的丈夫自杀了，老白和她离婚的事才不了了之。

可不久，老白又勾上了新的女人。那女的四十不到，丧偶，带个小儿子单过。在老白的哄骗下，丧偶女人做着进门来当老板娘的迷梦，还拿她前夫的一些积蓄供老白去打牌消遣，老白又到家里拿点儿钱去让小三消受。

曾经恩爱了三十年，后来受老白的百般折磨，但她不想离婚，一离便一切都被抢光，她没地儿去，还有顶小的儿子没成家。十几年煎熬过去，五十几岁，她生重病了，老白非常开心，再不提离婚，每天笑眯眯地看她等她死去，可女人一病十几年，苟且偷生地活着，等所有儿女都成了家，她便把门店的生意给儿女分配妥当。那时老白已六十几岁，那个厮守的寡妇也老了，等得不耐烦了，老白便为了小三逼家中女人交出钱来，她给了十来万，对老白说拿这钱去找个更年轻漂亮的女人才有面子。老白听了这句话，便去勾引更年轻的，结果被人家男方抓到当场打断腿，他就此瘫痪。这时女人说自己生病多年还是去叫那相好的寡妇来服侍你吧。老白打发儿女去请，那女的一听说他瘫倒便躲开了。这个老男人拖了半年便死了，而女人又活了好多年。

我认为她也是独立女性。对于人生，没有多少人可以置身事外，大多数时候，女人抵抗不了男人的欺辱却背负责任逃避不掉，换在旧时代，这种男人要么把正妻挤出家门讨饭，要么娶几个女人进门。

大多数人心中所谓的独立女性，有让人羡慕的工作和家庭环境，有可以独当一面的处世能力，这些人大多数都有体恤、支持自己的丈夫。但是那些没有好老公的女人，只要有属于自己的房子，有抚养孩子的钱财，也可以过独处自由的生活。所以，我认为的独立女性，也包括这类独自面对生活的艰难困苦而不屈不挠的女人。

而我，既没有称心如意的工作，也老无所依，只能劳作到不能动弹的某个日子，没有所谓的爱情，没有任何的援手，当然别人一听这句便问你孩子呢？是的，我的孩子再努力，也只是过得比我轻松些，问题就在这里，我们这一类的堪称独立女性的人格就在此，不会把生老病死寄托于儿女身上。生儿育女是为了完成人生使命，而不是要去拖累他们，把他们当自己的救命稻草。因为我有独立处世思维，所以我认为女儿理所当然是独立的个体，她从我这里路过，我就应该做相忘于江湖的打算。这是一种更高的做人境界。

我确切无疑是独立女性，宿命使然也好，被迫无奈也罢，离条件优渥的独立女性遥不可及，但这仍然是社会状态不同而已，天给什么，不由你受不受！

婚姻中的女性角色

说女人，先说她的另一面，男人——老天造物都讲究阴阳相配。世人说起男人大多只谈功名利禄，似乎从来不需想起，也似乎永远不会想起他们的女人。

有一年我去看广东农村某处古宅，一百多年前的，宅主的后代中还有在宅中住的，过着平常日子。这位新任宅主乐于告诉我他家这位太爷爷那时在香港卖美国人的洋灰（水泥）赚了钱，在家乡娶了二十几个老婆，我听了想到的是那时大多数女人走投无路，争相挤进他家，每房妾得一个房间。然而这位三十几岁的年轻男子还详细地告诉我他的太奶奶当时排第九房，地位不低呢。

很多时候，马路边或候车室，遇到两三个一伙的男人在聊天，我竖起耳朵听，都是在聊女人，说哪个女人那么爱他，他如何看不上，又吹嘘谁谁曾那么傲慢，被他几下哄到手然后抛弃，另一个又吹嘘如何在老婆眼皮底下撩别人，老婆也无可奈何。所以了解那些男人在暗处的社会行为后，就会明白其实那部分人很动物性的。在农村看那些放养的鸡，公鸡对所有的母鸡都不挑，刚追这只雌性跳上它的背，才没二十分钟，又追上另一只跳上它的背销魂一下。到秋天时，养鸡人便把公鸡两脚用短绳系住，它可以走路觅食，但再没办法跳上去踩蛋了，主人要把它养肥壮，好在过年时宰了吃肉。

我在饭店做服务员时，见到一对刚恋爱的男女来吃饭，女孩还带着一个女性朋友陪同，这个女孩当着男友的面和另一女孩说她婚后要过如何享受的生活，她是不会煮饭刷碗的，她想长期在饭店订餐上门。如果生孩子，那要提前去杭州请高级的月嫂服侍。我一看这女孩不过是普通人家的孩子，二十几岁，怎么就无厘头地幻想过所谓人上人的日子，好像老天专门等着她到哪里就在哪里掉馅饼啊。一看那男孩，脸色越来越沉，才上了一道菜，就说声"你俩吃吧"，然后起身径直打后门走了。

这女孩还在想着：我这不正借和朋友说话告诉你我想要的条件哪，你咋不知趣呢？

有一天，一个中年男人带一个三十出头的女子来吃饭喝酒，到一半，又进来一个中年女人，我以为是那男人的老婆。女人徐娘半老有些姿色，黑沉着脸，压低嗓子问男人："你曾经怎么答应我来着？你以为我找不到你吗？我打车跟来的！"男人无所谓，说："你不过是花我的钱，我跟你有啥说的！"边说边搂紧身边更年轻的那位情人并给她夹菜，又若无其事地打电话叫来一个年轻男人,让他等会儿把中年女人送回去,说完一努嘴,搂着小蜜走了。

中年女人压抑不住低头哭泣,擦眼泪用了一包纸巾,等着送她的男人只应付任务,不吭声。总有一些女人以为有几分姿色可以当饭吃,对家庭和自己不负责任,以为有的是金龟婿来买单,但把自己的命运完全交到别人手上,保险吗?

夜深了,饭店早已打烊,店主疲惫地用指节敲着吧台,那个年轻男人只付出一部分酒菜钱,拽起女人,她把瓶里的剩酒仰头喝掉来表达痛苦,可这种痛苦谁看呢!

"走吧。"男子拉拽着她出门走进夜色。

这就是一些对自己不负责任、一心想傍男人过日子的女人的命运。

在我们那里的农村,附近十里八乡都是一村一姓,所以世代杨家女儿嫁蒋村或周家儿子娶谢氏,兜兜转转,到头来盘根错节竟多少都变得沾亲带故了。我打外地到此,分别在几个厂里上过班,有一个工友就在我家下村,三十多岁,人很漂亮,一说按我丈夫辈分排居然要叫我几代姑表的远房嫂子,大家一阵笑,说还是互相呼名字更方便。

我这表亲嫁在她本村,生了一双儿女,在车间里和别人扯家事,天天说她的婆婆不好,小姑子不好,还一句话一句话背诵给人听,幸好她丈夫体贴,心向着她。

因为娘家就在本村，父亲去世，母亲生病，她是老大，脚下一个弟弟一个妹妹，所以娘家大事由她做主。先是妹妹嫁了邻村，后来弟弟娶妻成家，这女人把弟弟的钱全管着，说这样安全，万一弟媳离婚了至少钱还在。结果儿子一两岁了钱还在大姐那儿把持着，弟媳妇儿气得扔下孩子离婚去了。

这先不说，我这远亲她自己的一双儿女，老大是女儿，生得实在好看，这把她高兴坏了，一提女儿便暂时不数落婆婆和小姑子的事，说她的大宝贝呀今后日子肯定好过，不知被哪家有钱的男子娶去。她每逢赶集便放下活儿去市场买最时鲜的水果、牛肉，大声宣布那是给女儿的，说："啊呀，孩子当然第一重要嘛，我就让她吃最好的东西用最好的。"别人故意问："那你婆婆看见了咋样啊？"女人便气又上来，说如果那老的脑子会想，就应该也买些最好的东西来招待孙女和孙子！

可是她女儿不太爱学习，上完职业高中后她又花钱送女儿去北京学空乘。虽然她女儿读的不是名校，但她认定女儿会成为空姐。

两年的学习时间很快过去，她女儿毕业回到村里，二十岁出头了，从来没有尝试过外出找份工作，每天伸手要钱去超市买一些好吃的零食，蹲在大门旁一边啃一边随手扔垃圾。厂里的同事问她："你女儿现在大了，啥时候给家里挣钱呢?"

"嘿,枉我对她那么好,可谁知她长大了这么没有良心呢。"她有些心事重重。不久,村里人在县城里看见她女儿谁给她钱花就跟谁去,赶紧回来告诉她!这回我表亲缄默不语了。后米有人来做媒,介绍上村一户在邻县卖菜的人家的儿子,她便答应让女儿嫁过去成了家。

可过了大约一年,男方把她女儿送回来了,说宁愿单身也要离婚。原来这个女儿去了婆家除了睡懒觉、玩手机,还在网上买了个烧烤炉,每天露天架在门前,烤各种肉和蔬菜,谁来都可以吃,就是从不扫地,从不洗衣做饭,仿佛新婚的家与她没关系。好在女儿不愁嫁,过了不久,另一户人家娶了她女儿,后来她女儿又生了孩子,才算安稳下来。

她自以为是到如此地步,还说自己受了很多不公道的对待,多么荒诞。从这家的事可以看出,女人作为母亲,对孩子爱到无所不至,却连最基本的生活自理方式都不教孩子是多么可怕。事实上,任何一只猫、一只鸟都会教它们的孩子如何谋生、如何捕食、如何防范天敌,这是所有动物世袭的本领,或者说本能。

我的另一位表亲,她很有能力,带领一个越剧团队四处商演,挣下了几百万家财。作为女儿,她很尽孝,给父母亲花七八十万盖了高大洋楼。作为姐姐,她帮助弟弟,不仅送弟弟上大学还资助他成家、创业。作为妻子和母亲,她夫妻恩爱,并且宠爱孩子。两边的老人——爷爷奶奶、外公外婆,加上她自己都对她儿子宠溺无比。儿子也平平常常地读到了大学毕业,但他不去找工作,而是回到家里,整天坐在客厅里盯着电脑,对亲人或其他熟人都很冷漠,旁人谁也不好说什么!但她家有钱嘛,所以附近家有女儿的小老板都主动上门求亲,来就来吧,反正双方都有钱。后来定了一家,家里给这对未婚的人一笔钱去外省开店做生意。

家里给租的门店,他俩去那儿坐着各玩各的电脑,各吃各的美食,一两年,钱吃光了。我表姐夫去接了他俩回来,女孩仍回她自己家里去。男孩除了两眼会看着电脑,除了外婆或妈妈把热饭端来时吃个饱,连看女孩的兴趣也没有。

一些人一旦稍微能过两天好日子,便极力地要做人上人,极力地夸大自己曾遭受的一些小委屈,说白了这些人就是缺爱,不懂爱。这是群体性的悲哀,很多时候我们都身不由己。

哎呀,可怜啊!人们不是因为有钱就富贵了,心穷比没饭吃更可怕。

我那时在县城一家很有名气的饼店上班,专门煮饭和切咸菜。咸菜须细致地洗干净,去掉老叶和秆,切剁得非常细碎,用作饼馅,每天早晨切一大铁盆供一天的用量,店里每天要卖出上千张饼,节假日更多。开店的夫妻俩很年轻,郎才女貌，互相感情忠诚。两人是职业高中的同学，上学时，女孩的妈妈摆摊做饼，男孩来吃饼，那时两人还没恋爱，空闲时，男孩要求试试学做几张饼皮，女孩的妈妈欣然答应，并在旁边指导。星期天女孩来帮妈妈看摊，也会旋饼皮，遇见男孩，才知道是隔壁班的，妈妈有心收他当女婿，便招呼两人比赛摊饼，摊多了卖不完没关系，让男孩提回家里去吃。这成就了他们的姻缘，结婚后两人便开了饼店。

店里允许员工吃饼，但我不爱吃饼里的各种馅，包括牛肉馅，我宁愿吃饼皮，每当下雨天客少时我便去楼上饼室吃几张饼皮。那种面粉的皮，徒手在大平底锅上摊薄，烙至金黄，呼地快速翻转，把另一面又烙至金黄，热乎乎吃到嘴里又糯又软又香，嚼劲十足。可是那位专被教出来做饼皮的云南女工每次都气得大骂，于是我便在上午十点半她下班后的时间去吃饼皮，反正每天都会多出来。

一开始我以为只有老板娘做饼皮，结果有天一去，我发现老板娘的丈夫在忙完重活后去楼上摊饼皮，原来那女人请假了。老板早知道我吃饼皮，也知道我单吃他家酱牛肉，因为人家告状几次了，可他人好，我干的活也让人满意，所以从来都没说过我。但这次来被他看见有些尴尬，于是我编借口说楼下煤炉要借旺火的炭，我来看看，实际却去看他摊饼。老天，他能双手并用，左手往锅里翻饼时，右手在不锈钢饼座上摊另一张，厚度均匀且薄到油亮，这样子吃起来香脆入味。看他做饼，犹如看电影中的桥段，精彩神奇。这就是命由己造，这就是福至心灵。

有一个中等个、面相秀气、披着金黄头发的女人，爱穿红色碎花底的衣服，背个时尚的包，每天都打店后门的小街走过，偶尔也和不同的男子聊聊天，然后一起走掉。每当我夜晚下班，常在门前遇见那女人下公交车沿河边路走下去。两年后我去镇上山边向一个独眼的男人买两车煤渣砖砌小屋子用，找到他家，这女人打扮好了从前门走出，没看她丈夫一眼，也没说半个字！我才知道她的丈夫有一只残疾的眼，她便认为自己非常不幸，成天装个老板娘的样儿出去混，可她自己长个半扇驼背哪！而这个独眼男人踏实肯干又善良，在山边打砖厂四周种了各种菜，又养了很多鸡和两头猪。这个女人家住六层的房子，但单看那厨房的锅台和地板，像垃圾场似的。她的两个女儿一个和我搭句话，另一个站楼梯口，也是没有模样的。

一些女人，如此活着，除了心高气傲一无所长，连自己的后窝也不整理，更别提教育孩子了。可心高无非是眼朝天上看而已，天上空空的连一滴水都没有，心高了，心就穷了，心一穷，就找不到灵魂，所以好些人没有灵魂却自以为是地活着，并且烦恼缠身地活着。

心高时，没有确定的目标，没有真实的思想，没有脚下的路，一脚踏空跌磕了，又跌磕了，有的人会反省、回头，但有的不会。很多女人，把功劳都归于自己，夸夸其谈，把一切不幸的原因推给别人，怪父母、公婆、丈夫，甚至怪罪无法出人头地的儿女。这些都可以上溯到她几代人家庭教养的缺失，正义与责任的缺失。社会开放进步了，人们都振臂高呼向钱跑，现在普通人都能过好日子了，可太多的人只有过多的欲望，却不愿动手动脚养活自己，甚至以从别人手里捞到吃白食的钱为荣。人们多看见别人的缺陷，简单地说一句道德缺失，却不回头看看自己。

　　这是我多年来见到的一部分女人的生活状态，但女人仍以积极向上的居多。

在婚姻里女性必须独立

我在村子里生活二十来年得到这样一个认知：浙江人的脑子里顽固地认为他们住在世上最繁华之地，认为他们的能力比外省人的大了去了，然而他们大部分却不过是在原地转圈地生活而已。但我年轻时做生意便和浙江人打过交道，他们性情和善不争执，能让利，是吃得下亏的族群。浙江人是世界上最懂得众人拾柴火焰高并完美实践的族群，不管谁做生意，村友亲族先不考虑成败，都省出钱来让他去干！下一次轮到另外的人要成就事业，同样如此。万一那人亏本几年不敢回家，或过几年蔫头耷脑两手空空回来，当初出资的人心知肚明，有的说等赚了还我哈，有的干脆闪一眼好丑不说，帮人帮到钱打水漂也没办法啊，四周看看，好像也并没缺少什么，事情便过去了。

我作为外人在浙江的土地上定居，好多年后才面对面打他们嘴里听到对我的评价：当年很漂亮。又说，你这人实在很靠谱，又很有能力。我五十多岁外出学画时，上下几村的人大为错愕，认为我是他们完全弄不懂的悲哀之人，搞笑的是浙江农村人认为外省人不住房子似的，非常怜恤我花大心血做那么精致的屋子却不天天住着，扔下屋子跑了，这不愁杀人吗？

后来，我卖了画，村人亲戚又来家里看我的画，看见《清明上河图》和石头的画，就去口口相传，说，啊呀，画来和真的那样！又说，嘿，她来到我们林氏，她是属于我们林家人的天才！这不又把我夸到天上去了嘛！

很多事情，尤其是人生观、方法论等方面的提升，大多数人无法自己做到，就需要有人引导，所以我们需要圣贤与达人。我的一位妯娌，她娘家在小镇街上，她丈夫和我丈夫是堂兄弟，这俩男人的秉性差不多，她丈夫甚至更差劲，赚来点儿钱全都用来抽烟、搓麻将，她挣工资养自己和儿子，好处是房子在她婚前便由公婆盖好，给她省去大笔血汗钱。她一直在学习，学会了使用电脑，可家里却装不起宽带网络。我家由于女儿回家也需要网上业务，我开通了宽带，但我对电脑一无所知，所以大多的用途是我那位丈夫看网剧、刷手机。老天就要给人们冬瓜配茄子、歪竹子生大笋，我们是苍天的玩偶，它定了律条框人，谁想又一阵风吹翻。

我的妯娌小我好几岁，结婚那几年对自己的婚姻状况失望到歇斯底里，别人都只是在背后说闲话，但我走进去劝了她一句，"如果世上男人靠得住，母猪肯定会爬树"，让她看左邻右舍各家没说出的烦恼。我对她说："在婚姻里，女人绝对有必要独立的。"于是她泪眼婆娑地反问我："既然是独立的,那还来男人家生活干吗呢？"她更伤心了,"你这不是来劝我干脆离婚吗？"我说："不是的,成家做夫妻是天道。女人在婚姻里要打理内外人际关系、吃亏造福、生儿育女,但女人最应该做的是,照顾好自己的心,抚养儿女走人间正道。"

当然,好的男人把爱情和钱财都交给了自己的女人,但好男人不多。这部分好男人里,有能力的又不多,大多为平庸俗人,不坏,没理想,甚至没多少话,浑浑噩噩过着。你要想听好男人的甜言蜜语,趁早对着电视机或手机读几句散文或唐诗吧。

男人生在世上,又没有谁规定他要为女人活着。

关于婚姻,你不能只当它是婚姻,还要把它看作通过法律得到了属于你的领地,你是主人,要靠自己的才干让它富饶兴盛。所谓的丈夫、公婆、姑舅,你要把他们当成自己的下属,你要像做老板一样给下属多分红,人家才支持你,才是你最大的体面。而有些女人成了家就往那儿一躺,衣来伸手饭来张口,不如意便哼哼唧唧,把自己当成什么了？

我当时没说这么多,我不属于啰唆的女人,但把我的妯娌一次性说通了,她再也没吵架,而是安心上班、学习、带孩子。后来我学画回来,她说要跟我学画,也是想要滋养她的灵魂,我答应了。可是之后我多年没顾家,也就没法去教她，于是她便只坚持读书和锻炼身体。

　　人们需要精神的引导。我丈夫家兄弟三人，他哥哥和弟弟都是非常能打拼的人。我家小叔子的妻子性格要强，小叔子说她花钱多，本来她带大三个儿女就不容易，听了丈夫的话就更生气，嫌花钱多那就去挣钱，于是她开了个小店。小店生意不好，因为她爱美食，就又去学做厨师，为别人办酒席做烧鸡、烧鸭，又吃又赚，变得很富态却仍打扮得像枝花。她丈夫对她又爱又恨。可见，有能力、有魅力的女人会把男人完全掌握在手心里。

　　说白了，哪有什么所谓男权女权，这个世界任何时候，都由女人掌控和领导。再优秀的男人，也要从女人的身体来到世上；再强大的男人，总有一个女人让他神魂颠倒，把一切财富和灵魂交托给她掌管。向来如此。

　　女人，还是那句话，人的生命的问题都由你解决，为什么要沉迷于钱？钱是人生方程式的符号之一，很多女人梦想享福，享福就如啃一只猪蹄，吃完后剩一根没髓的枯骨，享完后还不如一个空心萝卜。前面说过"福"字的意思，不妨再说一次，"福"字，它不过是一套衣服、一个睡觉的床或木板、一个家门或洞穴、一块田的组合。这块田表示家属于自己的领地，这块领地才是成就人的造化之地，人必须去劳动，去风吹日晒，去思考，才能获得粮食养命，不劳动它便成荒田，成为不毛之地。

好的女人，成功的女人，不在于她嫁了个多么能干或多么有钱的男人，而是她能守护男人走在人间正道；她能把父母、公婆的关系梳理得和谐，能让一个家庭齐心；她还能指引儿女具有才与德，做顶天立地的人。

打不倒你的会让你更强大

在旧社会，即便男人也大多没有出路，但那时，仍有各种女人在思考，在开创，她们要么磨炼智慧把好男人握在手里成就事业，要么学习技能使自己出类拔萃，给自己打开一片天空。到西方工业革命之初，女人试探着走出黑暗，找工作、读书、写书。最初的独立女性梦想有一间屋子，可以在老去时遮风挡雨，安放肉体与灵魂，消受在人间的末段时光。我也是。在有些人看来我的婚姻空空落落，我的人生充满失败，但在我持续的学习与思考中，我早已与未曾谋面的那些伟大女人隔空心灵相通。我们的想法如此不谋而合，有远见的女人内心强大到不孤独都不行，没人和你在平行道上行走，或许山太高阻挡了呼唤的雷音，互相老死没遇见。我天性喜欢开创，在少年及成年时，自己主动选择了艰难，为此经历了许多痛苦，可我依然心甘情愿。这就是后来我给自己总结的"折腾"二字。

那时人们生得多，我家兄弟姐妹七八个，好几个没活成，我是最小的，大姐大我二十一岁。儿时去我大姐夫家，她十八九岁结婚,我好几个外甥年龄都比我大。大姐夫做个不大不小的官儿,我这穷酸的小姨子巴巴地去那儿思量混顿油水饭吃,大姐夫和他的妈总对我白眼相加!可我并没有自卑,至少那时还没有,是因为十几年后社会的各种轮番打击还没到。我对自己说,记住他们的白眼啊,压根儿就无须羡慕,他们家今天有的,以后我都会拥有!所以我有目标地努力读书,后来又努力挣钱。可是就像我玩弄屎壳郎,它好不容易艰难倒退把牛粪球推上坡顶,我用细棍子一拨弄,它伤心失落地找到牛粪球,再次艰难地把它往土洞里搬,又再次被拨走。在人类世界,我就是那只坚强的屎壳郎,一再努力,一再失去,一再一无所有,在那个过程中,世界上没人会同情我。熟识的人、有血缘关系的人、追求过我的人、抢过我男朋友的人,无不欢欣鼓舞,似乎我这种"失败"抬高了他们的生活意义,于是他们得到了享福的快感。这是人类的秉性,这是社会的正常现象,有多少人能免俗呢?

我仿佛裸行于世,即使抱紧自己的灵魂,人们也将我灵魂的壳一再扒拉刻画。我方知卑微,方知将肉体缩进灵魂,捡拾起被零敲碎打的破壳将灵魂一再修补,裸露的心因为经受风雨的洗礼变得坚硬而强大。

我有多么强大的内心,这颗心一再用酸楚和眼泪濯洗,后来干脆也不洗了。到第二段婚姻,我在这片被允许的空间里上班挣钱,教女儿别读死书,指引她走谦谦君子与圣贤之路。我的女儿大声反驳,她才不做圣贤,圣贤这么容易做吗?我哈哈大笑,因为她这么早看明白了,所以我很高兴,下一句便不说了,她一反驳,便在思考,将来她定前途不可限量!女儿错愕了,问我笑什么呢?我说我高兴,我笑自己的人生成功了。我对成功的定义是,纯粹地活着,不以钱为目的,把女儿培养成一个内心强大、坚强独立、有高尚人格的女孩,比什么都更令人欣慰。

人家只以钱衡量我的婚姻幸与不幸,可我的丈夫从来不反对我任何事情,彻头彻尾地相信我,我可以天马行空来去自由,与他各自相安,这是好的婚姻形式的一种。所谓的福,我自种福田自享受,岂是外人想当然呢。

我将自己置身事外,如果像我这样如此努力,付出,超越世俗,最终却只能处于社会底层,那么不是我的问题,是这个社会变态扭曲了,我得双脚离开地面背负灵魂行走。因为一个人的力量改变不了一个社会,我还是不蹚浑水了。

学会宽容，有独当一面的能力

任何时代，总是平庸的人多，谁也离不了世俗，真正干净的人老天也会把它拎在臭水沟里来回洗到卑微，让大众认不出来，这和以毒攻毒同理，可以提高抗打击力。

女人，不论做母亲、妻子、女儿还是挣钱养家，你时刻记住这都是为你自己负责，你是在担世间责任，你是领导，领导是管全盘的，家就如一个单位，领导不好单位迟早倒闭。好的女人让男人有安全感，让男人在外面走路挺直腰杆，没有任何一个正常的男人敢叫板一个果敢有为的女人，如果有，便是找死的男人，比如我的前夫，他就是多行不义必自毙的人。

我从小看村里这家那家吵架，兄弟公婆吵架，为了鸡毛蒜皮的事吵个三天四夜，还要投井上吊，我担心他们跳井，怕井水坏了没水喝。我对别人的这些事厌倦不已，长大后到别村或县城，遇见夫妻俩煮饭炒菜时瞬间怒发冲冠开吵的，便引以为戒，发誓自己绝不吵架，可偏偏所遇之人疯癫病般要和我吵架。第一次婚姻里那个人，他没本事赚钱，我赚的钱不够他挥霍要吵架，我和男客户多说几句话要吵架，我穿件新衣服要吵架，做生意的不上门来了要吵架……全是他自己在絮絮叨叨，我全程不搭理，然后他说我藐视他，于是又打我。我冷静地劝他，不义之财如笼外之鸟，一下就飞去无踪的，人须积德，多行不义必自毙。我把钱全给他了，他却绝不敢和我离婚，一再跪下来忏悔，说他离开我没有出路！遇到这种变态的恶毒的人，如果吵只能加重对自己的伤害。我冷眼等着他死，坚信他会死。他才三十出头，身体健康，不抽烟不喝酒不赌钱，只爱女人和钱，但不过几年这个人便灰飞烟灭，不到三十六岁。

现在仍然有很多夫妻吵架，仍然是为了不值一提的事吵，殊不知甭管有理无理，念头一动你就已经输了！

争吵，没有任何意义，所有一切，包括生命，生不带来死不带去。来之前有谁见过你吗？离世之后又有谁还待见你呢？人一争吵，就成了别人眼中的戏，别人无非是观猴似的看一阵，眉来眼去一阵，压低嗓门笑一阵，而吵的人兴许还锅碗瓢盆散了一地。

家是女人的根据地，也是女人的飞地，内部闹起来了，这不是敲破鸡蛋招苍蝇吗？值得吗？怎么办，让他对，你错了又如何，内心强大的女人不会纠结对错，完全可以划分责任各行其是，如果还不行，便离婚！

儿女的成长与父母离不离婚没有关系，与家庭有没有房子也没关系，与积德行善有关系，不论破家还是整齐的家，确切无疑地让儿女从小打理自己的事，耕耘心中追求福的那块田，不可以读死书，不可以把过日子与读书分成两码事。心性独立的女人一定会打小培养儿女的为人处世能力。性格不好、情商不高会碰一辈子碰不完的钉子。

女人啊，最大的责任是让儿女学会努力，学会坚强，学会关心长辈宽容他人，儿女长大后独当一面才是成功的女人。那些对儿女过度保护过度溺爱的人，二十年后便会自食其果。

女人对于公婆、父母，甭管他们过去、现在有没有帮扶你，该你付出的只管付出，他们是根，把根调弄好了，你儿女这些果子才能从根上获得养料，长得又大又甜，所以任何时候不要做怨妇。所有人都在拼命赚钱，可老天却只给予看着顺眼的人。晓得不？

然后，女人一定要读些书，做些有趣的事，让家里那个快乐的男人更快乐，或者那个沉闷的男人生出幸福感。

我那可怜的丈夫，天生无能，当我在家，他的眼睛以我为中心移动，生怕我骂他窝囊废，可我从来极少骂他，我怕自己嘴毒把他骂坏了。他在家里玩着，我常拿钱让他给我在网上买各种小物品，他就非常开心，因为他被需要。这几年我在北京想吃东北的椴树蜜，超市里不卖，我就叫女儿买，她年轻，学了好几国的语言，但偏偏每回给我买西欧的蜂蜜！她不懂那洋蜂嘴巴大，吃得快，肠胃直，吐出的蜜都没酿好，而东北及俄罗斯椴树蜜都是黑蜂和土蜂产的，那黑蜂虽然个子大，可心性小，吃得多，吐得又慢又少，于是蜜非常结实。我又叫丈夫给我买。还是丈夫比女儿听话，这不关乎有没有主见，这是他理解我，知道我指定要那样东西的必要性。女儿长大了，认为要适当改变我。而丈夫是懂我的，知道多年来我拿稳的事必去做，无可改变，他照做了老婆就开心。果然啊，几天后他买的俄罗斯椴树蜜从黑龙江那边寄了过来。

哦，我亲爱的东北，我心爱的椴树蜜！

哦，女人，再闭塞再遥远也要喝一些椴树蜜泡葡萄牙红酒，或者椴树蜜泡浙江绍兴的黑米酒，它们那么便宜却能养我的心性。我坐在属于自己的屋子里，蜜汁酒摆在实木的桌上，闻着它散发的浓郁香甜的气味，我感慨万千：生活在中国这片安详的国土上，我何其有幸。

有一次，我去北京的琉璃厂街办点儿事，寒冷的街上北风凛冽地吹，行人极少，正好我可以免去拥挤，自在地看素面的街。见一位近七十岁的老姐在喂食笼子里的猫，我凑前去看，笼舍两层，里边有近十只各种颜色的猫，全是收养的流浪猫，笼外围着厚幔，这样子这些猫便不至于在冬天里饥寒而死。再看那位老姐，却是位瘸腿的残疾人。

一个女人，哪怕老了，没有职业，没有丈夫，或曾经混了几十年日子，但如果能醒悟，即使在门后花盆里种点葱、蒜和白菜，也能吃饱一顿。像这位老姐，养活一群流浪猫，她绝不会心穷。你被需要，你就有济世的能力，路便继续向前延伸，而心穷的人积存的钱再多，只要他不想别人，就没人想他。

女人是感性动物，怨恨和贪婪的女人即使躺在空调下也会这里那里不舒服！美好的女人，或许被迫于太阳下奔波劳碌，那么热那么无风，女人会想：不是没有风，而是风累到睡着了，可它那么爱我，睡着了也用热切的手环抱我。

女人，过简单的日子，做凡实的人，以拥有的姿态生活，活得艰难却无所畏惧，珍惜所有的美好。

如何平衡自我与他人

充分尊重别人，
其实是让自己得到更好的尊重。
但，或是有些人，就这不会懂。

首先要做强大的自己

有句话叫"弱国无外交，强国无友邦"，一句话道尽天下利害。所谓的朋友关系，大到国家，小到个人，莫不如此，唯有君子才以德识人，但我们大多是凡人。在我很小的时候，那时每户人家小孩都多，不大的村子早晚羊赶集似的呼啦一大群孩子跑向东，又呼啦一伙跑向南。但不能向西，因为西边是高险的河岸，还没跑指不定就掉进流水里了，向北也不大行，那里是烂泥塘。我因为弱小跑不过任何人，总是被他们看不起，也不和我玩。稍大些我看出端倪：每个孩子以各自老爸在村里的地位决定自己的言行，当然这微小的地位无非是看谁力气大和嗓门吼得响，这两点恰好我的老爹都没有，所以我那时候没有朋友。但是我并不孤单，他们的玩具是买的，但我的玩具我自己造。我用一把十足的钝刀造了支木头手枪，还削了把打鬼子的竹片大刀，又用厚纸皮剪出人的头部、长腿、身子和手，在关节点以线穿上，再挂在细绳上，两手拉动绳，纸人儿翻上倒下做运动。这下有人愿意来和我玩了，但两下扯坏了我的运动员小人，却仍不给我玩他们的玩具。这下子我长了记性，有一回一伙人玩嗨了跑掉了，塑料的小鱼、铜钹都扔在路边草丛里，我收了起来，谁也没告诉，因为他们没把我当朋友。

在这种环境中，有的人会形成木讷、闭塞的性格，可我没有。我从小便开始思考，跑不过、打不过他们怎么办，将来怎么生活，我很快发现压根儿不需怎么办，他们瞎跑瞎闹一气，啥本事也没有。他们在外打架了，家长又来吵架；在外打输了的，回家又挨他爹一顿揍。真好玩，我常笑到气喘。那时于我有太多太多更吸引人的事物，一块起花纹的石头、一团生在石山里的方云母、一棵石壁上的枫姜草、一簇田边的野花、一只慌里慌张逃回土洞的黄鼬——它应该是让我怀念了一生的第一个朋友，它为什么在我面前手足无措？我在童年开始观察和思考后，便在精神上甩下了他们，没和谁成为朋友。

少年时渴望结交朋友，那时我的目的很明确：必须使自己强大到能够走出去，外边的世界一定更大，那里肯定会有我的朋友。那时，附近工厂一户人家的女儿是我同学，她妈送她来我家，说跟我一起学习，星期天、寒暑假都在我家。可是她的心从来不用在书上，十二三岁天天讲人家大人的风流韵事，并讲她将来嫁人的事，又常拿点小礼送老师请关照，后来我书读不下去，她眼色便不同往日，我们慢慢断了来往。人和人之间，大多数都是普通朋友关系，不可太认真。是否有朋友，原因始终在自己：强大，优秀，引来朋友；反之，徒然，随缘吧。

对于朋友也不能太坦露，时时要有保全自己之心。当然，该帮的时候也要帮，这是做人的道义，但要量力而行，免受伤害哦。

人一定要不断反思和学习

十二三岁时，我变得很有主见，经常带伙伴们划捞沙船到河对岸平沙地玩，和田地里陌生的大人说话，人家问我们名字和家里大人名字，一听我爹的名字便说知道我是那个"老来子"。我问他们这边是不是有人与我同名，人家便带我去找到那户人家，姓邹，只有三个女儿，这个和我同名的女孩和我同年出生，也是家里老小。她跑出来，我一看，长得漂亮，便和她成为好友，来往十几年。后来人家给我介绍一个对象，不久有人来告诉我她插了一脚，我不信。可一次看露天电影时，我看见这位同名好友和我的对象抱在一起说情话，他们没发现我在后面，我也没作声悄悄地溜掉了。后来便再也不和她来往。

他俩不久也散了。但也许她从来不知道我见过那一刻，见了我仍老远打招呼并和我说很多话，我只是点头不说观点。之后她也成家，从此原本约定拜成姐妹的人，再没相见，也再没互通消息。

这世上，每一个人情世故都是由家庭铺开的。我的哥哥是家里唯一的男孩，奶奶把他惯得十指不沾阳春水，可少年时他仍能体谅父母亲，说去学个木匠活儿将来养家吧。我爹一生渴望识字而不得，便劝我哥好好读书。那时候读书不要钱，从家里带米去学校就行，奶奶还把鸡杀了送他当伙食，他读完高中考取了师范学校，成为老师，很多女孩上门来追，我便非常崇拜他，所以也很努力地读书。

我奶奶因为愚昧，一直嫌弃我爹丑陋，甚至不想让他成家，可后来我的几个叔叔在瘟疫中先后殁了，她才同意我爹娶妻生子。我哥哥打小学奶奶的样儿看不起他的亲爹，我几岁时便觉得哥哥做得不妥。但由于他在家里的地位高，我屁颠屁颠地服从他。后来我经常为有人侮辱我爹丑陋而和同学大打出手并得胜而归，老师们不问青红皂白地拦住我哥告状，我哥三番五次不问来由地向我妈斥责我的种种不是。我问他数学里的难题，他不教也罢，还挖苦我说你连这个都不懂，没上课吗？有一回他的钱掉在屋旁边路上，我捡起来问家里谁丢钱了，哥哥正为丢了钱急得冒冷汗，可当他打我手里抓过钱，只说了声"我的"，连笑脸也没给我一个。我过年过节时从来没得过压岁钱，多么渴望他赏我哪怕一毛钱哪！

可是没有。

后来我没有能够上大学，走不出去农村，他用对我爹的那种眼光鄙视我，还想当然地挖苦我说当年你喜欢的某某，人家上个中专，也娶了公安局某长的女儿，会看上你吗？

由此种种，我对他只剩下怜悯。他那么自视甚高只是因为他凡事不过脑子，教书于他不过是谋生的职业，实属悲哀。这消磨尽了我幼时对他的崇拜。

那时，还有两位老师因我太穷而对我嫌弃不已，居然想让取悦他的差生取代我参加比赛的资格，这些人和事让我思考：如果德行不够，干脆不当老师。那时的我严重缺乏家庭教养，又一再被人贬斥不会团结同学，我预测如果我做老师，将不能与同事融洽相处，怕不能成为好老师，所以放弃了读师范学校。

这个决定后果非常严重，完全改变了我的人生轨迹。在以后的人生中，凡遇到年轻人有困惑，我都一再为其讲解人生，以免其误入歧途。

有一次见大厦里来了两个有文气的年轻人，我又去刨根问底了，一问，他俩大学毕业，打山东来，疫情下工作不好找，先来当保安混着。

这不行！我一再去找这俩孩子，叫他俩在陌生的环境里赶紧去学技术，或找单位实习，哪怕人家少给点儿钱甚至暂时不给都行，你们一定不可以停止前行。学各种技术，适应环境，反正不可以当保安混，你们的青春不该如此浪费！他们很感激，二十来天后，另找到单位，走了。

人一定要不断反思和学习,坦诚直面自己的缺陷和弱点,也坦诚地对别人说一句好话,这才是尘世真情。济世度人不是沽名钓誉,人生意义也不是人们眼中追求的金钱。有时候,一个善意的眼神,一句温暖适当的话,就能改变一个人的家庭,或者一个人的人生。

由别人去说吧，做人要大度

2022年12月，我生了一场病，浑身乏力，骨头好像都断过了，又缓慢地由经络连接上，一周后，有些恢复了。这天早晨起来，我恍然觉得意识离我很远，飘浮不定。今生今世我为什么会这样，无论生老病死，都从来没人理我，也许有鄙视我的人暗笑我命不好、活该，当然也有人会故作善良地说："哦，你很可怜。"我已经很多年生病时不对家里床头那个木偶说了。这木偶是指我后夫，让他干点儿活他就边埋怨边逃避，在我一再和他说一些道理以后，他变精明了——装死。

之前他才四十几岁，女儿刚工作，他心里盘算着不动弹了，打电话伸手向女儿要钱。女儿做进出口生意，给他好烟好酒，他全不怜惜，拿出去四处显摆，时间一长，我决定了，让女儿断供。除非他老到快死了不动弹了，那才应该给其送终的，他此时年富力强，却装成这副样子，那就不应该惯着他。为了逃避养活自己的责任，他装病，装一两年，吃好玩好，可能内心有些扭曲吧，反正真的病成他所装的模样了。村子里的人心明眼亮，打小看大，比我更懂他，人人都厌恶这类人。没办法啊，这种人各地都有，他们像树上的果子一样，歪的、夭折的、虫咬的，各种各样。村里压根儿没有人和我家的木偶说话，我问他："瞧瞧还有谁看得起你吗？"这下他马上自尊又上来了："我要谁看得起我？！"

我问他："那么，你自己呢？"他不吭声。不过放心吧，这种人打定主意至死不变的，谁也别想改变他。过了一阵，他站门口吹牛，说："呵呵，村子里的人见到我都害怕，往一边走。"瞧，死猪不怕开水烫，别人不待见他到如此地步，他竟然可以如此自我感觉良好地另类吹嘘。所以我生病了指望和这种人说吗？人要活明白，和白痴生活是天故意安排的，只等你生气，它便借此变本加厉惩戒你。你若悲哀，它便高兴地又来风雨又来潮，高兴到在人间敲锣打鼓的模样。既如此，我压根儿不当它是事儿，吃点儿酱菜，舒缓地从身体里排放出一长串响屁，让它混入空气，看谁厉害？

当然是我厉害了。

早起，我好了！整个一场恶病中，我吃了两大碗蒸熟的苦瓜，它的原理是凉血排毒，于我也是向人生表态，不就是让我苦吗？都见底了，再来两顿又如何？这样子搬弄了一堆苦来集结，孤独便失去了存在的位置。梦里醒来，我独自微笑，继而又反思今生的所有苦果必有渊远的因，年轻时我厌恶蚂蚁密集，致无数蚁死于非命。可对于蚂蚁，它由苍天造化于世，忙忙碌碌地在过一个又一个"共产主义"生活，我无端生事不当它们是命害死它们，罪恶很大，而我却好端端活于世上！还有小时候学我妈妈恶狠狠地咒骂别人……还有我的小表哥——舅舅死了，八九岁的小表哥好几次衣衫褴褛地来我家，腼腆地站在门边，我父亲叫他吃了饭回去，在那个年头，他家里肯定是吃不上饭了！我比他更小，可听爹的话对小表哥没好气地说："回去吧！"

以后他再也没来，今生今世我再也没见着他。他走了，我料定他夭折了。其实即使再艰难，他在我家吃点儿饭，受些家教，学个技艺，长大了成不成才是他自己的事，好使我们问心无愧，让一杯米汤，我们顶多穷到见底，不已经见底了吗！每次生病，每次面对我的后夫，就想起蚂蚁和小表哥，我这些痛苦与逝去的生命比算什么？

所以，我后来很快学会了另一种方法，我父亲不待见讨饭人，凡讨饭人来了从不施与也就算了，他还数落人家一顿不劳动啥的！别说那年头，当今的我辛苦一世也没落下几文钱哪！我等着讨饭人十分凄凉地走过我家门口，赶紧手脚麻利地打米拿饭从后门追出送给他，如果果子有熟的也摘几个给人家，对方马上转悲为喜，涕泪交加，我叫他快走吧。果然我爹叫我去质问我干吗呢，我说爹呀，怕人偷我家果子，去看呢。爹便说我做得好！

139

所以我打小便明白了，该帮人的时候永远别说"我没有"。一说便真没有了！谁家仓廪实而不懂撑志气，对别人落井下石？我再穷时也总有意想不到的东西送给亲戚邻居，在别人为难时更值钱的是给他们一句肯定的话语，递一盏灯，或干脆大喊一声，朝这边走，大路在此！这才是人间正道！我在生意失败、婚姻失败时，依然藐视那些走歪门邪道的男女，对那些人不屑一顾！老天一脚踢我下地狱，回头看我快爬上来了，它又一脚把我踹回深渊。像我这般险恶孤屈的人生，换了别人，早就伤心地哭瞎了眼，逢人见鬼便去诉说委屈啦，没钱，没朋友，没好家庭，没运气，我偏不这样，但是，连我打工那厂里一个近亲结婚得来的女人都认为自己高出我好几等，还有一个我初中的同桌忽然打报道上知道了我在扫厕所，她做小生意的优越感又凭空更高一等，拿我外甥女们骂我的话提醒我："她们都说你是'傻子'。"

我难道去和这些人吵架吗？或者是对他们的话表示很受伤？还是回头想想蚂蚁吧，从前，饥饿的蚂蚁们爬进糖瓶里吃几粒砂糖，我们也要置它们于死地，蚂蚁有什么罪过吗？我就把一些糖倒在地上就足够它们吃很久啦！大部分人活得"空心"，靠看别人的笑话活下去！如果说人生而平等，那是大地的看法，人到水里就不平等啦，不信一伙人跳下去试试，看有几个还浮在平等面上。所以我们对待侮辱时要换个思维方式,看看在不同的思维方式下,会有什么样的结果!

我,对于这些侮辱,犯得着吵架或生气吗?让别人开心,让别人嚼舌根,何乐而不为呢!

曾经有一个女人和我掏心地说过一句话,她说:"你看有些女人,她这里有,那里有,我和你这样子,不但没人心疼,赚了钱还不敢给自己花,家里这里那里都等着用这点儿钱!""是咧。"我说。她说再苦也得给自己买点儿黄金。我当时没有钱,分开之后也再没见过她,但她的话语的力量犹在,多年后我给自己置办齐了黄金和白银。为什么要期待别人的关心?婚姻存续期间对方给你买东西就代表爱情?当然也是。可这世界上有很多男女和我一样,属于工蜂和工蚁,没有爱情,没有姻缘,这没办法改变,我在地狱里浸了那么多年,悲惨极了,道理越明白内心越痛苦。可是别人死了才来地狱,我活着就下了地狱,这么早搞明白了它咋回事,很不错。善良永远是地狱中的浮桥,德是桥墩,这两样东西除了自己无人可给予。

我在生活中遇到不少人,见面就在叨叨谁谁不是人,谁谁如何对不起自己。一个女人离婚时在一位律师那里签字,见了我又吐苦水说她丈夫懒惰、赌钱、骗她的钱花,如果听下去,怕是掉了一根腿毛她也会诉说。说什么呢?遇到不好的人,就是一堆不落好的事,何必废话!

为人处世，做人要大度有气魄，鸡毛蒜皮的小事能抛弃就抛弃！不可处处谈利，钱重要，但只剩下钱的人必定心穷！我不交心穷之人。

我们不要只想得到，很多得到是失去更多另外的东西换来的。我们处处都可以施与，给人一句暖语，给家中老人一些小钱，给流浪的动物在角落留一口剩饭，我们先学会施与，然后，得到便开始啦。你试试就知道了。

家庭教养很重要，人生规划更重要

在很早以前，大多数人都是稀里糊涂过日子的，那时候也找不到工作，也没地儿读书，所有一切都是伟大的领袖们成立了新中国后短短几十年内彻底改变的。有一年的一天，一支队伍在我们乡里短驻几天，开拔后，一位年轻女子跟他们走了，还未走远，她的婆婆穷追而去把儿媳往回拉。年轻女子说："新社会了，你儿子不争气，我回去了还会走！"于是大家又劝婆婆回去管教儿子。之后，这个男的被改变，积极参加土改，做了个小干部，这个媳妇最小的女儿是我的同学，生得标致、身段好，很会为人，这都出于当年她那位破天荒跟解放军出走过的妈妈，她妈妈一生有主见和明事理，在二十世纪七八十年代的农村，让几个儿女都幸福成家。而这女人的妯娌，也就是夫家嫂子，是一个毫无主见的女人，同样的夫妻恩爱，生了五儿一女，一家人嘻嘻哈哈地有了钱就吃就玩，没有呢就睡觉打牌，神仙日子了吧。眨眼二十年过去，除了小儿子去别人家入赘，其余四个儿子三十几岁齐刷刷都是光棍，一个女儿，本来啥时候嫁人都有人要，可她指定要找吃公粮的人，结果三十七八岁了还待字闺中。所以家庭教养很重要，人生规划更重要。

有个网友留言叫我送一幅画给她励志，说了好多遍，实话说，我不是舍不得一幅画，但得知道对方是什么人，更重要的是你几十年单等到我老身前来，你才想起励志了？

我一再问她为什么要我送画给她，她说自己结婚十几年养两个孩子，没活出头绪，不如意。我问，你认为如何才如意，缺钱，孩子稍大了你即可去工作，而且培养孩子成才便是伟大的工作。如果认为丈夫不如你意，他有责任，不和你争吵即安好。结果呢，她支支吾吾说不出所以然。

那么，你都没有志向，我励你哪个志？于是告诉她我目标明确，快六十岁了仍打工养活自己，养活丈夫，你要哪幅画我俩可以等价交换，以物换物也可以。当然我猜她就想白要，果然她说没有可以换画的东西。我说那就买吧，她说以后会关注的。

这种人，无痒喊疼，也不会为自己担多大责任。

还有网友说他烦、失眠，我问他原因，他说为什么别人要什么有什么，他什么也没有。我说你努力学习努力工作吧，这年头不追求应有尽有，但可以做到过得好，如果你能吃苦，那就能得福。他非常愤怒，说得福还说得上，但吃苦，为什么是我？

哦，我不好说了，那你认为该是谁呢？只想享福，福从哪里来呢，福田福田，那块田就靠耕种才有收获，不种，它变荒田。你看那"福"字怎么写，一件衣服、一块睡板、一张口、一块田，表示简单至极的穿衣、吃饭、睡觉，田，是你劳作之地，明白了吗？

吃好，粗茶淡饭以外的肉，是取了动物的命。还有那种活剥动物皮毛当人的奢侈外衣，动物被剥皮后凄惨悲哀地死去，而人们穿上它的皮毛摆阔。动物更冷，为什么要活剥它的皮，剥夺它的性命，换你是它，行吗？说这么多，福是怎么来的，福的内容到底是什么？过简单的日子，开创自己的田，就是福。坐到那里等，等福从天上掉下来？喝西北风吧！

有钱人怎么来的，但凡靠头脑艰苦创业的正经有钱人，人家对儿女的培养甚为苛刻，他们的孩子打小就已德才兼备，大了更有自己的天地。相反，越在底层的某些人，越是急于功利，认为自己受苦太多啦，这些与老子无关的苦都被自己吃尽了，嗯哼，至少，打死也不能让我儿子再吃苦！儿子，你是老子的命根，老子保准不给你苦，要什么，我割肉也给买！

那好吧。

因此我又想起一件事。

早些年我去一户人家，男人在抽烟，女人在洗碗，两人那么幸福地守望着七八岁的儿子。那孩子在写作业，忽然搁笔不写了，提出要吃火腿肠，还有别的什么，男人没动弹，女人一下子呵斥道："快去给他买！他是你儿子！"

男人弹起身打女人那儿接过钱去了，儿子也一蹦一跳地快乐跟上。

门一关，女人向我说："瞧，我们都懂孩子是个宝，孩子金贵，我们从前苦过来的，再不可苦孩子哦！"她满脸的支配家庭的骄傲。

我因为家里装修要请她丈夫干水泥刷墙面的活儿，等他回来谈事情，便坐那儿。女人又滔滔不绝地背诵她儿子的语录，如何在学校发现了老师的缺点，如何发现了她丈夫的缺点，如何以多少分数和家里交换奖品……总之，她儿子要说自己是天下第二，没人敢说自己是第一。

过了七八年，这对夫妻满身是病地在街头卖鱼，生意不大好，我问他儿子去哪儿上学了，他们说儿子读完高中，在县城打工，每月工资三千元，租房两千元。我说离家这么近，干吗要租房住，还花这么贵的房租，那吃饭的钱又怎么办？

"我苦啊，儿子要过好日子，要谈恋爱，就追着我们老两口要钱！工作嘛，嫌高工资的辛苦，这个嘛，三千元坐办公室，还很体面。"说这句话时，男人女人又泛起了自豪。我问是什么企业的办公室呢，女人说是酒店吧台接待客户登记。没办法，你去乡村走走看看就会发现：所有人都指望当官，次一级是捞个公家的饭碗，再次是坐办公室，没人愿意让孩子去学手艺。

当然这不是全部，但是也有不少人。在我们的国家，乡土仍然是根本，大部分地方随时代进步后，很多人认为自己的经济水平、观念高度也都提升了，于是一切都要给孩子最好的！很多人认为自己从前被关爱得不够，这回懂爱并有条件爱啦，于是一家老小都爱那个孩子，把他直接爱成无用之人。而老人呢，在家里需要点什么，要么苦苦哀求，要么得不到。我中年时听过一些女同事痛斥公婆，说公婆老了没用了，还要钱干吗？孩子才是重点！

"是呀，你很对，想得这么周全，到你老时也许连空气也不需要呢！"我笑了笑说。

看起来那么温和的一些女人，婚姻幸福，却只想掌控，只想得到，把公婆当包袱，却极力宠溺儿女。其实家庭就像一棵树，祖辈是根，父母是树枝，孩子是那只果，你只想要果，只要一个大果，那你断除根试一试！

所谓的思想自由，所谓的有意识主权，却催生出更多的短视、自私，这就是本末倒置了，伦理道德缺失了。根基不牢的房屋能保证多久不倒呢？这种房子倒下后压垮的是谁呢？

爱护、培养自己的孩子，天经地义，但当人们拼命地将孩子护在翼下，一切为他代劳，好吃好喝供养他的时候，这不是越俎代庖吗？父母这么做，是让自己立于阳位，让孩子立于阴位，长大后，他阳刚缺失，无立足之能却不自知，啃老是自然的啊！

岂知人生的风霜雨雪里，存的是天地正气！可你偏偏不要。

我邻村同事的女儿曾经乖巧懂事，读高中时成绩还过得去，她便整天把女儿吹成天才，又说从不要求女儿干洗衣煮饭的粗活儿，怕她上了大学以后没人侍候吗？后来厂里出钱让我们去杭州旅游，这同事背了一袋煮熟的玉米让女儿去送大学同学，说乡里时鲜货是城市人吃不上的。又让女儿跟旅游团蹭饭，说厂里老板出钱，便宜不占白不占。几年后我去这同事村里玩，那时她女儿已大学毕业一两年了，我问在哪儿工作呢，旁边人悄悄地往楼上一指，说："在那儿哩，毕业证都没拿到，大学不好混！找不到工作还说要当公务员。坐家里吃两年了还嫌家里房子不气派！"

很简单，有很多这样的人啊，自以为是地认为想要得福就能得福，但结果可由不得你。就像做数学题乱写等式似的，九加八等于七，你填上了等号，但你改变得了正确结果吗？

很多人埋怨谁谁啃老，十有八九，是因为父母之前做了太多的明约暗许，或是揩尽了祖辈的油水，让孩子有样学样。

这个"榜样作用"啊，比老师讲课的效果强多啦。

如何规划自己的人生

卖惨、确实有。
但绝不令属于贪钱之人。
人要对自己怀有神秘感。
比如我很多时候没钱。
可这不，我还是越过越好了吗。

我想安排点儿喜欢的事消磨时光

我这个人很有危机感。从青年到中年都在为谋一份工作发愁，因为柴米油盐永远只能独自面对。四十几岁时百病缠身，又心想活不了多久啦！但在活着末期，怎么办呢？这是一个自我解脱的问题，我想安排点儿喜欢的事消磨时光。后来遇见画画，才找到灵魂的寄托。这里我要再次感恩林正碌老师有多么非凡！全中国很少有人像他这样免费教油画，从一开始提议并参与创建大芬油画村，又去江苏海安创建了油画城，再到后来的福建双溪油画村，都是他的功德。他是一个职业高中学历的人，见到各类美术高校的种种弊端，很多培养人才的地方都成了有钱人以钱砸门的衙门，于是干脆自辟疆土。这种伟大的情怀不仅受到自以为主流的人的抵制与鄙夷，甚至很多受过他帮助的人也是不予支持，极少有人如我这般理解他的大成无我。

在我学画、画画的几年里，我认识了很多情操高尚的朋友，买了、读了很多关于画画的书，读了古今中外很多画家的人生经历。因为我爱反思，所以能跳出自我，用别人的眼光审视自己，明白画家在不能以卖画养活自己之前，都要工作。我这么老了，能在办公区里做一份打扫的工作，衣食有着，再画些画，我的灵魂能那么自在地由一幅画跳到另一幅画，真是再好不过的生活了。

要说未来吗？过去的已经过去，人可以倒着走路，可时光永远不倒流，现在呢，我在做一件又一件烦琐的事，它们不是一再重复过往。未来正在走来，不大确定，但大同小异不足为奇，就如月光从来都在照着我，将来依然照亮。在多少急事多少缓事消逝后，曾经那么多的一脚踏空都已无须挂虑，我还能想些什么，又岂敢想些什么！

在自己的心里种下幸福

我曾编了个神话故事,说女娲造人时,头几天精力充沛耐性又好,造了一些美貌女子放在屋子里阴干,后来多起来没地儿摆,且累坏了,就又造了些粗丑的女人安在院子中风吹日晒。造完女人接着造男人,同样也是开始时造些高大帅男安放在厢房里,后来泥巴不够,又找些石头碎叶做了些粗丑坚硬的男人摆在墙边。

最后女娲择日给它们附上灵魂,吹口气,这些泥坯便吧嗒吧嗒跑去人间。女娲过一阵去看,坏事了,所有男女打闹不堪,把人间弄了个乌烟瘴气,女娲很头疼。幸好有个叫罗斯异的注命之神,是最早的发明家,他用天外的陨石在暗洞中造出了灵魂,装在每个人的脑子里,因为这种物质来自天外,当人肉体消逝时,原生的灵魂会跳出来永存,后来人一多,罗斯异忙不过来,材料难得,他便用树叶仿制,以致人性参差不齐。

罗斯异推荐他的朋友衡山神去见女娲,说衡山神会在石头上画画,之前给罗斯异帮忙画灵魂的模样,罗斯异照着做出灵魂。现在人间吵闹的原因是人们很饿。衡山神准备天天给人间画饼,画个几麻袋,与罗斯异一起背了去分送,条件是乖乖听话的人才能吃到饼,于是人间瞬间安静,都伸手等着吃饼。

可衡山神修为比不上罗斯异,当他单独下去分饼时,见漂亮的女人便多分,漂亮女人得到吃不完的饼便留些给她私爱的漂亮男人。而那些由大院里晒开裂的粗丑男女即使再乖巧也好久才得到一块饼。女人心细,她们有的吃一半另一半藏埋于地,结果奇迹再现,当丑女翻开藏饼,发现饼发了芽,上边结小饼,地里结大饼,于是女人把多出的饼藏着掖着悄悄地去找漂亮男人,叫那男人听话或给自己卖力就给饼吃。

后来,丑女隔壁的丑男也发现了这个秘密,埋下一小块饼结出很多饼,而且给出的饼比衡山神画的饼更有风味。丑男便揣去给他心仪的美女,对方正好饼不够吃,但丑男也提条件,你陪我睡觉过日子才给吃。

于是,当女娲过了一段清静日子又去人间看她造的那些人,嘿,虽然不闹了,可仍然很不让她省心,美女跟了丑男,粗丑的女人和美丈夫生儿育女。那衡山神和第一美女生了几个人神混血的孩子,画得最好的饼全自家先吃。人们各行其是。女娲啪地往黑洞砸了块大石头,注命之神罗斯异急急赶来,问女娲娘娘何以动怒。女娲气了半晌才

153

息怒把事说了。罗斯异说这不是个事呢，人间缺乏管理人才，你又不可能事事亲力亲为，干脆顺水推舟封衡山神为财神，掌管人间吃喝拉撒，他的老婆嘛，人是你造的，调她回来调教再送回去相夫教子，以此为蓝本，教天下人向她看齐行人间正道。

女娲听从谏言。

这不，三年疫情，很多事情停顿了，但我们可以趁机思考和学习呀。何况国力强盛，就是发展放缓而已。多少年多少灾难我们都挺胸熬过去了，有何可怕！愿每个人都在自己的心田中种一块饼，任它自由生长，看它结什么样的果哦。

过好每一天，一天解决一天的问题就好了

在很小的时候，奶奶带我坐在酸柑树下，初夏的四月，细白的花怒放于枝头，香气浓郁，我想，它们是世上最好闻的花朵，蜜蜂和凤凰虫都集结飞来，奶奶坐在树荫里教我用树叶叠小簸箕。我出世时，奶奶已七十出头，又裹双小脚，基本上连饭也不能煮了。她住西厢一间屋，早晚饭和我们在一起吃，偶尔我父母下地干活时，她便用个黑土陶锅煮个鸡蛋，打打牙祭。但那锅年深日久，漏汤水，结果喷得一屋子都是炭灰，弄得整个屋子都烟熏火燎的。她就这么自然老去，七十九岁时去世，去世前，平静地叫我妈给她穿寿衣，梳头。我妈流着泪给她订了一床粗棉布被。

在农村，自古以来都不看重生老病死，但生儿子却是头等大事，有儿子就可以在老得动不了时跟他吃碗饱饭，死后得他烧一沓纸钱，同时把后代延续下去。当然也有的人只有女儿，女儿就算穷，但还是会把老人的后事办完。我们族里一对夫妻一生无儿无女，那时没自来水，吃水要去河里挑，他俩老到七十几岁走不动了，便有族中的年轻

人每天去帮挑水,有时是轮着去。后来老头子先去世了,交代我远房堂兄给他办后事。剩下老太太又活了几年,除政府给一点儿帮扶外,邻居们也给菜给粮养她到去世。在那样的处境中,灾难、病痛在生命面前全是小事。其实是那时候的人单纯,完全不像现在的人这么势利,父子、兄弟、婆媳吵架了,大家会去劝,而不是事不关己高高挂起。在夏天、冬天,村子里一伙老头老太搬几个木头、砖头、板凳一坐,直接聊扯这些生生死死的事儿,虽然穷但真的都快乐。

四十岁左右时,我身体状况很差,常生病,便考虑老去的事,因为只有一个女儿,我在农村又没有养老金、退休金,当工厂的体力活干不动,地里的粮食也种不出时,我如何度日?

回想我三十二岁时生了一场大病,又孤苦无依,压根儿没钱买药、看医生,任由挨到骨瘦如柴,心想:现在不方便死,女儿才几岁,如果我没了她将如何长大?人一定要有定力和信念,我得抚养她。当时我走路很慢,但已暗下决心把所有的疼痛和折磨嚼碎、幻化!有一次我走在马路上,远远地看见树梢动,知道风要过来,忙抓住路旁的树干,就是怕被风吹倒。所有路过的人包括邻居,都以为我得了绝症活不成了,并视我为不吉,远远避开!

可我从来没指望过任何人,但什么也没做就病去灾消。因为我相信自己会好,便真好了。三个月之后,我又在学校找了份代课的活，虽然工资极低，但是我非常负责，到第二年春天我身体恢复后，便找到从前的朋友帮忙介绍工作，于是又去了广东打工。因为代课工资太低，无法抚养小孩。在我第二段婚姻里，我那位很会微笑很温和的丈夫原来毫无血性和责任感，他正值壮年，却看我忙小孩，忙房子，忙生计，小心眼里算计着自己今生不要操心了。不过他本来就连自己都不负责，我累到近死，他自然无动于衷！四十出头时，我终于熬不住了，快瘫痪了，但看他，依然毫不动心！我诉说自己付出太多，叫他去赚点儿钱来熬过难关，不料他马上装病，并且是我有什么病他装什么病，换别人早气死了。我邻村的一位同事，生得美貌，做衣服每年赚七八万元，生了脑病，住了大半年院，人还是没了。之前他夫妻恩爱，可是她生病医治到人财两空，她丈夫末了心生怨气，在她离世后很快另娶后妻，于是我便思考，她丈夫那么好到头还是落一场空，遂明白赖死不如好死，好死不如好活！

于是我又想起年轻时大病的经验，拿出定力和信力来，打今天起，我仍要好好地活，与病诀别！病很有自尊，见我厌恶，它便又消失。但病虽去，人伤了元气，我一直在想办法改命，厂里的活干不下去，去另找轻活，工资太低也不去，耗着没意义。

当然，至于生死观的形成，除了我爱反向思考，从别人看自己外，也与成长环境有关。我老家上下两个小村庄里，没有儿女或仅有一个女儿的夫妻好几对，且都是老实到不太会谋生的人家，在那么苦的农村，实在不知病痛如何熬过，却都活到七八十岁高龄。这且不说，还有那些很早便守寡的女人，养一堆孩子又当男又当女，儿女大了依然穷。我们上村的一个女人，丈夫三十几岁瘫痪在床，她养了头种猪走乡串户给母猪配种，那时乡民没有钱，配上了给一升两升米当酬金，也有给麦子的，她都收受。每次打我家旁边的泥土大路走过，她都笑呵呵的。

依我父亲的话讲，生死全是自然的事，不要去操心，你只顾善良存德，只需过一日得一日便行。他一再说人靠存德、有德子孙才能一代代好下去。所以无论多么穷困潦倒，他都让我奶奶舒心。他又说，活到老动到老，一天也不倒，要不咋叫活动呢。再后来他老到不大走了，仍挂个锄头当拐去看菜，说土地多亲哦，你拨弄它，它赏你口食。人是有榜样的，那时认识一个开饭店的姑娘，说她会看人，请我与她合伙，不用我出资，只要一同打理，可是想到家里老父母无法脱开身，便一再婉拒。我不会为了钱让父母凄凉。

可是你看现在的一些人，父母奉献出一生，老了被弃养，去旧房居住。人少德如树少根，根坏了这棵树也就坏了，想要枝叶华美也不可能啊。

和我爹相反，我妈从来都怕死，我的外婆三十岁出头生病没了，不几年我外公三十七岁又生病死了，再后来她成年了,她的妹妹和哥哥却都很年轻便离世了,大概这对我妈一生影响至深。她怕死,在家里我如果不小心说了这个字或说了"白色"一词,就要挨她一顿抽打。由怕死反推到怕生病,家里但凡有点儿钱,攒在手里口口声声这个钱要留着医病吃药的,这不暗示自己会生病吗!她终其一生,都是生病度日,也因此闹得家徒四壁。病一来便大声呻吟,好像和病唱和似的,那病不更得劲吗?她又爱怨气冲天,一边疼一边骂我爹无能,害她没享福,累得净生病了。

说多了,我爹便劝她:"你看家里那点儿钱全耗你病上,不说置家,那吃药的钱你可打尊小金佛戴脖子上啦。"

其实我爹更是常年带病劳动,只是一声没吭而已。后来我妈早早不再干活,家里家外全甩给我。爹七十几岁下不去田,但还能坚持种些菜。可是她坐着卧着闲着废得很快,不三年便去世了。我爹大她十几岁,却活到八十岁。临了,他说今生很值得、很满足,又交代我一定要做好人、存善德,又告诉我世上最好的东西是酒,叫我坚持喝酒解乏。我与他对抗多年,却把他最后两句话铭刻在心——存德,喝酒。于我,生死是小事。

但是我爹没想到的是,他喝点儿酒便唱那些古老的传世歌谣,他的小女儿喝点儿酒便写一篇诗词,爷儿俩一样。

所以我后来形成的生死观来源于父母,娘拿钱等病,怕病,从没想如何克除病,末了早早病死了,爹生病没当病坚忍一生，却活到高寿。我年轻时就反思我妈，站到爹一边，选择坚强与乐观。我们要恒持自信的力量，向好而行。

可当下很多人认为自己日子好了，认为我是没见过有钱才说这话。很久以前，我的一位老师有钱了就每次都在人前炫耀，他即使生小病也要看最好的医生。可是，好的医生以什么为标准？是花钱越多越好吗？可是我父亲偷向人学一手偏方土方的知识，自己又不断摸索，每次生病便去山上挖些草根、树根煎服，不花钱也能药到病除。更离奇的是，我坚持过简单的生活，吃粗茶淡饭，却不生病——我多年没去过医院啦。

去年，我在乘车途中听见旁边一个傲岸的年轻人在打电话，说这两年他腰疼得厉害，大概不行了，对方问他多大了说这不行那不行。他答说三十岁。谈话的内容是考虑将家里置业于三环的一套住宅房以几百万元便宜卖掉，用于治腰病和日常花销。我一再看他气色很好，他这是小病大呻吟想提前过退休日子啊。当今这个社会，已近老龄化，除了很多人身体上的老龄化，还包括上述的心态老龄化，但是很多人只贪图当下快意，压根儿没有为将来做打算。我们细细观察，但凡那些老来衣食无忧的人，都在前半生积极奋斗、周密思考过，最后才能尽职尽责地爱护家庭、培育儿女。这些未雨绸缪的人，到老时，即使出现意外，他们都能坦然面对。

活着已实属不易,老与病也只是生命过程之一,既然如此,纵然人生再难也不足为惧,何必怕死!社会发展到今天,老龄化该来的自会来,我们只需过好每一天,一天解决一天的问题就好了。

简单且凡实，是我理想的晚年生活

人间传说"先注死，后注生"，生死问题说过了，那么我们来一同谈谈如何养老的问题。

在我很小很小的时候，在路上经常见到各种非常老的人眼里那种渴望，就是当人活到快回归地平线时犹渴望满足一些小愿望、得到一声问候、得到一颗糖，或者哪怕听一个简单故事的那种渴望，所以我嘴巴叽叽地向任何人打招呼，就为让人们的眼神里闪出悦意。曾经，我有去拯救很多人的快乐的雄心壮志，可笑的是，自己的一生却过得如此潦倒。无论如何努力，都于事无补，结局已定。我开始给鸟喂食，喂得最多的是麻雀。四五个毛蓬蓬的孩子饥饿难耐地叽叽叫着，麻雀妈妈或麻雀爸爸那么无奈、那么孤独又那么辛苦地在草里扒觅，我就想给它们一些饭吃。我在夏天时常投置米饭，如果不够就再煮了用水冲凉，置于树下盘中，旁边再放一碗水。

我说的是养老但为什么要聊鸟呢？因为我把自己拆成几个人，那些鸟也代表我不同的阶段或身份，也许我孤独无依的晚年、我将来的难处就在当下展现，投喂鸟，就是投喂我的心。曾经，除了女儿，没有任何人伸过一根指头帮我，所以我任何时候都比别人更能对苦难产生同理心。当我投喂鸟时，鸟丰足了，我比它们更安心。并且，在如今的生活中，我也体会到了一些人生的善意，这大概就是善的回报吧。

之后，各种鸟都来了，它们就待在附近树杈上，一到点便开始议论，我一放饭，扑棱棱都来了。野斑鸠格外温文尔雅，它们最喜欢吃黄豆，吃饱了飞到檐顶上咕咕、咕咕咕地歌唱。黑色鹩哥儿有点儿狡猾想吃剩菜里的肉碎，吃好后立在高枝上唱歌，它们非常聪明，跟在干活人后边扒地里的虫子，和农民学说本地话。另外，猫也来。有只黑白花猫来吃饭吃小鱼一两年，又带着它的孩子来认我，后来，它不见了，它的孩子仍来，慢慢长到成年，我知道大猫没有了，再不会来了，我感觉是另一个我死了一次。小猫又生孩子，仍然是来认我。后来我出门学画常不在家，可一回来小猫马上来门口，和我打招呼，使得我老泪纵横。我那时年过五十，已近老年，就和这些生命互相陪伴着过了。

我老家门前枣树下，白天过去后，夜晚，流浪狗和黄鼠狼轮番来捡食一天的剩饭，这就是一沙一世界，一叶一菩提的真实境界。

当然，我还有个有点儿智力障碍的婆婆，她有些懒惰，常来问我要钱，我其实从来没有多余的钱，但总是多少给她一点儿，也从不说她不是。有一回我说种菜特别容易，你种点儿自己吃呗，她说不懂，我笑笑，说反正不懂你把种子扔地里便行！那时她快七十岁了，便把种子抛下去，后来生出的菜苗长得很好，从此她学会了种菜，到八十岁仍在浪种浪吃，很自在。不过那时我小叔子开工厂赚了钱，此后我婆婆再也没缺钱。不过即使最没钱的时候，我也会每月省给她用，给她买衣做被定时洗扫，这是我父母传下来的家风，所谓存德全在这些凡实之处。有钱固然很好，但没钱也未必不能快乐地享受晚年。

一开始，村里人嫌弃我婆婆，没人和她说话，她沉默寡言，指着这里那里都痛，后来我把她的衣服全洗干净，又买新衣，她打起笑容走在人前，村里人风向一转，又都夸她老来得福。什么福呀，不过是我们的心念一转，表象一换，心通了。非常离奇的是，我婆婆一生大部分时间不会干活，七十几岁以后，忽然到街上小厂里领东西回来加工，每个月赚三四百元，说体谅我的难处，不要我供钱啦。

所以，爱与善一定要恒持到老啊，不要为钱嫌弃家里任何老人，不要为任何关于钱的事吵架，钱会自己找上门来的，人老了，不过一口饭而已，长辈顺心了，我们自己老时才笑得无愧。

我们想想，在贫寒的家里而能让老者安度晚年，那么，这种能力和善意转而加持给自己时，我们的晚年能不乐而忘忧吗？

我们施给弱者一个宝，至少能招来一堆金色的落叶，但是如果给人一阵寒风，那么必将招致沙尘扑面。我早已在山边给晚年的自己盖好一方小院，种了梅花、紫薇、百合、芍药和紫竹，想老了去那里画画、聊天兼喂鸟，甚至在冬天给松鼠准备核桃。可是我的婆婆才长出聪智几年，便在八十几岁时过世了。我没了牵挂，外出打工，那方小院没人住，我丈夫的哥哥年龄大不能外出开车挣钱，便悄悄地在我的小院围墙里养几头土猪。我打北京回老家遇上了，他避在草丛里躲着我，为的是怕我说他。

我故意走近草丛向他大声说："哥哥，养猪易亏本，你在我大围墙里养牛吧。"说完又建议他去湖南省农科院购买大秆饲草种苗，又建议他买铡草机。我的这位伯兄比我丈夫勤恳、有头脑，他采纳了我的建议，现在养牛每年挣二三十万元哪。还是那句话，我也老了，也没钱，但是我的家兄由此晚年过得好，我确实更快乐。

不要以为手里攒着钱晚年才快乐，更不要以为拿钱买服务才会快乐。善良在我们手里，健康在我们手里，放下多余的欲望，简单且凡实地与各种生命相关照，是我理想的晚年生活方式。

对于自己的晚年，我也准备了另外的计划：我想在我能从容行动的有生之年，去一些宁静幽远的地方适当往来或暂居，因为我有很多的朋友，他们曾从陌生到熟悉地陪伴过我，余生不可错过。

这不是突然产生的想法。一个深思熟虑的人，一个"丰年备荒、月月存粮"的人，早设计好了这种养老的生活。恒持相信的力量，幸福在自己手上。

社会发展到今天，生活条件好了，这是我们的国家给的，是无数人共同努力造就的。但几千年的优秀传统必须继承，老了既不该自暴自弃，更不该贪图享乐，也不要简单认为该由政府给钱，政府的钱也是大众创造的。靠自己创造价值的人生才快乐，老了也是如此。

在老龄化的社会，我们这些年老的人啊，仍是如许快乐地生活在这个伟大的国度。

爱只是一个方向，不是地点

我爱过的人，早已走散
爱过我的人，与我遥隔天涯。念念，
我便不再害怕。

爱只是一个过程

说起婚姻，得从一只柚子说起。

我的父亲打小学到一点儿修船的手艺，因为我爷爷是修船匠，这可以算是家传手艺。父亲生活的地方有一条河流穿过那一带汇入资江，那年代一到春天发大水，各村就组成小商团将煤炭、木材、布匹走水路发往汉阳和汉口，又打那些大地方逆水运回来棉花、煤油、火柴或洋布。一旦夏天过去，雨季结束，河水回落，便一年船事暂休，这时各村的修船匠就都有活儿干啦。

秋收后，各家有些余粮，有木船的人家请一两个木工来给旧船补舱或造一两艘新船。这里所说的船其实是小船舨，能装一两吨煤炭。当地人能吃这碗饭全靠老天早已在我们新化的地层下藏好了煤炭，最早的古人一挖便挖到几麻袋，后来的人便挖去经商啦。

我的爷爷那时无船可修，便穷到四十五岁才娶妻，我奶奶一家在战乱中活不下去了，她十五岁嫁给我爷爷相依为命。在巨大的浩劫面前，生命不如蝼蚁，还谈什么爱情！我爹是我爷爷的长子，那时的人无书可读，打小学家传的手艺，但爹十四岁时，我爷爷便去世了。这种情况下，秋天修船时没人把我爹这样一个少年当成工匠，他只得觍着脸去打下手，才得到一顿饭吃，但没有工钱，东家桌上的老米酒也没他的份儿。

有一年，一帮匠人去安化修船，我父亲干活白干还又实诚，他们便带他去，去时坐船顺流而下再走一段山路，修了不到两天说国民党抓壮丁的来了，所有人一溜烟跑光。我爹先天腿疾走不快，便给抓了壮丁。奇怪的是他也没着急，连长一看这还没成年哪，长得清秀，就让他给太太扫个地递个茶水，也帮伙夫们洗米择菜。

国民党驻军的村子村民全跑了，一大户人家的柚子熟了，剥开粉红的肉，连长的太太每天吃一两个，边吃边哈哈大笑说："有福啊，这在一千年前为贡品，普通人吃不到呢。"我爹一听记住这话，把她吐出的籽趁扫地都捡到衣兜里藏住。才过几天，部队要开拔，那个煮饭的伙夫悄悄地叫我爹脱衣服跑掉，说："如果近处有人问便说连长太太打发你抓鸡。"我爹就这样星夜兼程走了好远才遇到人问路回来。

我爹带着柚种回到老家，他埋下的种子后来长成三棵大红心柚子树和一棵白心柚子树，白心的晚熟，但口味也很甜。后来我妈来相亲，就因为听说我爹园子里有几株柚子树，很向往，便愿意嫁。可终其一生，我妈都在过大年前后拿柚子去县城售卖，自己却舍不得吃——在那个猪肉八毛五一斤的年代，一只柚子的价格为两元人民币。可是我不管它价格多少，只顾吃，每年要吃掉二十几只柚子。我们那也没几户人家有柚子树，其实他们只要来向我家讨几粒种子埋入他们屋旁地中就足以让几代人享受吃柚子的快乐，但绝大多数人只一味盯着我家树上金黄的柚子。

后来我只身在外，超市里的柚子价格很高，一只需二三十元钱，我好多年吃不起柚子便感恩父亲让我吃足了柚子。这两年柚子便宜下来我又吃了很多，发现原来柚子能使肠道通畅，身体的积废被它清理后，人就会脸色红润。

这绝不是花多少钱买补品或刻意养生能办到的。我想起父亲晚年便秘，他老问我有什么药可治，我一直答不上来！如今一回想便捶胸顿足后悔不迭，他种的每一样水果，杨梅、梨、李子以及柚子，全是可治便秘的良药，而终其一生他都没怎么吃过，都被我妈拿去卖钱了，以至于后来都习惯性地想不到吃它们，忘记了自己的非凡事业。而我那么自私地吃这果吃那果，从来没问过："爹爹，唉，你自己栽的树你吃了果子吗？"

到这里，你认为说婚姻去扯一只柚子这不风马牛不相及吗？当然不是！

所谓的一对男女互相看对眼，或所谓的爱上，都源于双方以各自家庭环境积累来的经验，表现在眼里就是，哦，这是我意愿里可以结伴的人。

曾经我在饭店干洗菜刷盘子的活儿，认识了一个打海边来的女同事小美，她负责切菜、配菜，一有空便独自坐角落里叹气。

等她出去送炒好的菜时，年轻的老板娘便向我"八卦"她。

小美当姑娘时，邻村一男孩疯狂爱上她，她和她家都不大愿意，那男孩不管不顾上她家把她追到手娶回家。其实爱情大多是培养出来的，婚后，小美慢慢地越来越爱丈夫。那时候养野生牡蛎很赚钱但也很危险，但这个男人跑到深海浅海交界处，在水下搭架建礁，养殖成功赚了钱。小美的脸成天乐成一朵花，带着一双儿女来往娘家和县城享受生活，别人都羡慕她命好。

小美也理所当然地认为，老公当年是爱极了自己，一再追求才得到，他婚后这么打拼无非就是保住她的爱情，于是见人便美滋滋地说起她好婚姻的来历，结尾总带一句："若不是他那个劲儿地讨我欢喜……"说到财产，家里盖了海景别墅，县城里买了房子。货车、轿车、小帆船都有，看来这一生命再好不过哪。

可是突然有一天，她发现丈夫好久不回来吃饭了，一问别人，别人说听说是亏了钱要外出躲一躲，她完全不信。

又过了近一年，人家说她丈夫外面有个很年轻的女人了，她仍不相信，看着镜子里自己的容貌，自信满满地认为老公今生就是为爱她而生，他曾经向她说了一海船的爱语和誓言，并且当初她嫁来时男家那么穷，后来有钱时都说是小美福命带来的。

后来丈夫正式向她提出离婚，在这之前，男人早把别墅和车过户在儿子名下了，城里的房子过户在另一个女人名下还骗她说是卖了，货车过户给他哥哥说抵债，一间老房子公公婆婆住着，说离婚后小美没地儿去可以摆张床。反正早已做足功课让她滚蛋，让她净身出户。一双儿女可以各养一个，但她要全部抚养便全部带走。

最终小美离了婚，男人以欠债为由只给了她两万元，儿女全留给男方。签字后不久，住城里套房的小三便生下了一个孩子。小美年近四十岁无栖身之所，又嫁给一个上班的离婚男人，他有一个儿子，小美怕婚姻靠不住，趁能生赶紧和对方又生了一个女儿，现在快五十岁了，女儿才读二年级。

现在小美和别人还老提前夫，说他害了自己，又说她打听清楚了，她前夫趁开车去杭州送货遇见的那后妇，那也不是个好货，家里有丈夫有孩子的，她前夫死性不改，舍命去追人家才追到手的。而一提后夫，就默不作声，有时那人送孩子来看她，她也只是说个只言片语。她当然总沉浸在从前的爱情里，就像我吃过那么多珍稀的柚子，在贫乏年代别人压根儿无法吃到，而我能像那个连长的太太那样有时一天吃掉两个又大又甜的红心柚，我爹种了柚子并不是为了吃柚子，他为了柚子的经济地位而种的柚子。我父亲一辈子都在叨叨那位旧时的连长太太，说人家一块毛巾擦过脸，又擦一回菜板，居然又在打雨地回屋后用那块毛巾快速擦抹她的绣花鞋！

哎呀，这女人。

很多时候，人们的日子过着过着就偏离了主题。

其实，爱情是人生早期的一部分重要内容，就如树开了花，花开时张大口吐出芬芳，瞪大眼等待蜜蜂和风来交换花信，这个过程结束，花和树便去干别的啦，花落为泥，树继续供养成串的果实。爱只是一个过程，所谓的爱情不一定能结成婚姻。而婚姻，有时候和放养一头牛差不多，你要时时留神去看，放一阵手又去山林地头牵它走一阵，老在一块地，草吃没了要饿坏，换一块地又得去关照，一不留神它就踏进别人家地里去了。当你还觉得吃人家的草料占了便宜时，人家干脆用你的牛耕地去啦。

爱情，或带入婚姻的爱情，或在婚姻中迷失了的爱情，一如吃过的柚子，一生都知道它的味道。而婚姻是盛放身体与生活的场所，每个人要仔细背负责任，大到房子、孩子，小到洗碗、洗衣和刷马桶，因为这些是维系你婚姻的东西，当然得你自己动手。婚姻无非是把爱情甚至一点爱情碎片养活下去，而这么简单的问题很多人一到实际操作便装死，又怎么奢谈真爱呢?

真爱确实有，不多而已

人需要对自己悄悄地怀点儿神秘感，当然不是认为自己很神奇——那就坏事了！

我听说过一个故事，某个村里有一对郎才女貌的夫妻是自由恋爱结的婚，女家没讨一分彩礼钱。男人家境一般，便说女人的真情难得。那时候，农村可以要两个孩子，但夫妻俩生了一个女儿便守着过简单的日子，因为爱得甜蜜，甚至爱用不完，便把个独生女儿宠上天。他们的这个女儿十八岁时，读书完全混不下去，但夫妻俩决定了买个冒牌大学证书也要让她得一纸文凭，于是男人去工地上开翻斗车，这一去没几天就被一辆翻倒的大货车压死了，获赔五十来万。妻子伤心欲绝，可他们的女儿这会儿压根儿不怜恤去世的亲爹，请了律师和亲妈打官司要这赔偿款的三分之二，听说还拉了一个结交没多久的男朋友和其一家去法庭助阵，又当着众法官的面狠抽亲妈几大巴掌，声言："老女人，你的真爱已完结，现在把这笔钱拿给我享受真爱！我要有钱的真爱！"

我不知真假，但真觉得荒唐至极。

人在一点点的幸福中被猪油蒙了心，以为快乐像流水一样源源不断。

荒唐的故事还有很多，比如我听说的另一个村里的故事。在那个村里，一个男孩和山背面的女孩是同学，两人悄悄相好，一起出去打工，这种青梅竹马的感情很纯真，两人二十几年恩爱如初，女人生了两个女儿后，回家照顾孩子，男人在外边承包装修的工程，赚的钱都拿回家。女人拿家里的钱去娘家给弟弟结婚，供妹妹上大学。可后来女人发现丈夫回来不久，妹妹也来了，妹妹离开后丈夫也急忙有事出门，一打听，自己的妹妹大学四年竟然没拿到毕业证，所以找不到工作，却还隐瞒一家人！那么她既没工作又没在娘家找对象，也多年没交朋友，她干吗呢？

后来的事瞒不住了，妹妹崇拜姐夫，四年大学哪有心思学习，吃姐夫花姐夫把姐夫弄上手，开始还偷偷进行，女人劝她妹妹拿些钱另外嫁人，她妹妹竟然责怪说："凭什么这么好的男人你霸占着，我大学毕不了业全是被你害的，没有他拿钱我肯定实打实好好读书，这会儿让我离开，门儿都没有！"于是她的妹妹和她的丈夫干脆去外面买了房子同住，还生了个儿子。女人不得已在离婚协议书上签字。

男人还坚持对女人说，我仍然是爱你的，因为这份感情所以爱了你的妹妹。你住家里不要走，我每年回来看你和女儿们，我们还是一家人不变。

当然后来，前夫和妹妹及儿子一家回旮旯里，村民拦住那小女人和儿子不让进，让他娘俩滚回背顶村娘家去，大家只承认这位前妻，那么小一个村庄，女人很会做人，一村的人都向着她，但她还是弄丢了老公。

但是真爱确实有，不多而已。

我听说过某个初中某个化学老师的故事，他原来在省城某化学研究所工作，在那个年代被下放到农村，他有个感情很好的女友，可对方为了留在城市还是和他分了手。这位老师姓黄，乡里面正缺人才，便请他教书。

那年头，农村修塘库、修路，需要开山炸石，领队的也是黄家人，三十出头，和黄老师年纪相仿，常来找黄老师研究炸石的土炸药，还给黄老师介绍过几回对象，没成。黄老师也经常去黄队长家吃饭，两人于是成了朋友。可是黄队长三十八岁病逝，留下老婆和五个儿女。而就在那当口，黄老师被平了反得到一笔补偿，又被调到县一中去教书，按政策，黄老师在农村的家属可以转进城并安排工作，黄老师没多想便与黄队长的老婆马某登记结婚，为的是帮朋友了却身后事。

同时，黄老师也资助了几位成绩优秀的学生上大学，其中包括女生小刘。

小刘幼小没了妈，跟舅舅长大。舅舅在农村条件也不好，何况他自己还有一家子，所以小刘被舅妈视为赘刺，缺衣少食就不提，好容易考上高中，却连饭都吃不上，幸亏黄老师关心她养育她直到读完师范大学。小刘毕业后分在邵阳市一所中学教书，可她没有家，没有朋友，不快乐，便常来看望黄老师。她这时长大了，黄老师五十出头，但他头发尽白，穿着破旧。进而她发现他的继子、继女和老婆只管剥夺他的工资，却没把他当爹、当丈夫！小刘悲哀不已，找到黄老师说："我不嫁人了，你离婚吧，男人七十岁还能生，我俩过，我后半生给你生个孩子！"不料黄老师说："你赶紧谈恋爱结婚吧，不然我不安心的。"说完转身离去。

小刘回到她工作的学校，不久和一位追求她的老师结了婚，但不久又离了婚，回去见黄老师，说："我听你的结了婚嫁了人，但我只和你恋爱，孤单地固执地爱着你，没有年龄的差别，没有时空的选择。我也不会逼你离婚，毕竟马某这么老了还能去哪！"

就这么样，寒暑假、年节，她都回到黄老师这儿，给他买新衣，做好菜，白天睡在黄老师那儿。

马某这个粗俗老女人，在屋子里、在校园里、在街上熟人前拍掌大骂小刘，不堪入耳，可学校大多数的老师同情黄老师的人生遭遇，知道他做好不得好，也体谅小刘。小刘每次回到一中，便把黄老师收拾得体体面面并挽着他的手散步，马某却绕着两人叫骂，小刘劝她说："收敛一下吧，你得到的已够多了，疯到不醒干吗呢？"

马某便去地上驴似的打滚，说这种怪事咋没人说公道话。

小刘对黄老师，确属人间真爱，黄老师自己也付出了很多，结果却是这幅尴尬之极的场景。这世间没几人能承受，没几人做得到。

女孩们，既要努力挣钱，又要头脑清醒

我不喜欢叫人该这样子不该那样子，我自己也不爱听别人的说教。年轻时遭遇恶毒的婚姻，当被那人追着毒打时，我向旁边的人求助，一个男人走上来，我以为他来说公道话，不料他手指戳向我狠狠地说道："谁叫你找上他，你没眼看吗？你自找的！"

当时，这句话委实像尖刀一样刺来，但是我不是弱者，它对于我是金句，把我戳醒。是的，除了自己，谁也不会帮你，当你在受侮辱时，别人不是同情，而是冷嘲热讽，怪你自己太笨。他们要么就指责一通说"若是我，肯定不会如此这般"，要么下一句又在你面前趁乱炫耀他自己，"啊呀，你看我，我，这好那好"。

其实一个人的原生家庭很重要，很多家庭的父母缺少教养，自以为是，导致儿女灾难性的性格。但另一面，人生的自我成全更重要，我们可以在同学、在朋友间不断学人家的长处，抛弃自己的缺陷，完善人生。

我曾听人讲过一个故事，他有工友叫老高，六十岁了，也是某个大厦的保洁，走路特慢。别人问他腿怎么了，他说因为两年前经过卸货车旁，一个纸箱滚落正好砸断他的腿骨，医治后歇了两年才走得动，就又来干活。他老家在河南农村，一儿一女都已长大成家。老高很早就在外做些小买卖，后来又收废品近二十年，他承包商场和小区，把废品拉走，纸箱、塑料瓶捡出来卖钱，还得一份较低的工资，用他的话说，那时很赚钱，他在县城买宅基地盖了小别墅，又另外买了套房留给自己老了住。那时，别人家的女孩看上他家红火，于是他儿子没读多少书也没技术，但也能把漂亮的媳妇娶进门。

老高的女儿个高而美貌，享受家庭红利，买高级化妆品，穿时装，今天买的嫌不好明天扔弃再买，吃好玩好，像个大公主。这位公主和她附近村庄的同学恋爱八年，老高叫老婆去打听，回来说那男孩的爹生病多年不但不挣钱，还常年吃药，那老娘独自种菜、种地得点儿粮食够一家吃，那男孩自己做生意失败在给人打工。

这样的人家哪能要！老高一口回绝，可是女儿喜欢，老高就打发人去传话，说人往高处走，且不说你家穷到比不上我家脚底，看我家女儿份儿上，你家拿出十二万八千元彩礼来，我便答应。其实那个男孩多年来赚了钱一直给老高家女儿买这买那，手里压根儿没留下钱，老高家一开口要彩礼，男孩来对他女儿说："我三年不给你买东西，挣来积下交你爸妈好娶你过门吧。"

两人约好。老高的女儿在家等着，可她享受惯了，伸手问爹不够便问男友要，这回男孩不供钱了，她就觉得憋屈难受。考量一阵，她自己亲自打工啦！去商场给老板卖衣服，可没过多久就觉得枯燥无趣了。这时遇见了另一个男孩，对方迷于她的外貌，又请吃又送花，不久就追到手了。老高听说后叫女儿问他家有钱没有，那个男孩说有钱，问如果愿嫁需多少彩礼？老高很高兴，开口要二十万元，说没有多要。

这一位男孩的妈妈在舅舅陪同下送了二十万元钱来老高家，老高家很高兴，着人捎口信给女儿交往八年的男友，说告吹吧，老高家等不起，女儿另外嫁人了。于是高公主和第二位男友很快结婚生子。这个家庭简单，公公早已去世，丈夫是独子。

可是孩子一岁多点时，年轻的丈夫时常不见人，好容易弄清楚了，原来男家孤儿寡母哪来娶老婆的钱？男孩从网上借贷三十万元，给女方二十万元，自己拿十万元吃用，后来不够了，又在网上赌博，直到连本带息欠上五六十万元债务，被追讨到工也打不成，家也回不了。遇到了这么伤脑子的事，老高骂一句娘，怪女儿眼瞎就没捞个有钱的主，还受了骗！便逼女儿把亲儿子扔给她婆婆。

但乡里俚俗，这事被方圆几里笑话，老高怕传丑闻又让女儿在外打工别回家。这个女儿从小到大享受玩乐惯了，又没主见，处处听爹的话，既不去看孩子养孩子又嫌打工受累，居然神经错乱疯掉，几年后警察给送回老高家。而老高的老婆，一辈子也是贪福的人，那些年老高在外赚了钱给她，吃足睡饱搓麻将过日子，这回见到疯癫的女儿很不耐烦，对她冷眼辱骂甚至母女对撕。

再说高公主的前男友，得知她嫁了别人，也毫无办法，去福建漳州打工，为人实诚，被当地一户人看上，人家没嫌他穷把小闺女嫁他，两人回到河南农村白手起家，做着没几年，盖了新房，家里又开家不小的超市让公公婆婆看店，那福建女孩也从不计较婆婆往怀里揣点私钱，还帮助男家守寡的姐姐养一个孩子。这家人日子便过得红火起来了。

老高又说，早知道的话女儿嫁前男友也不错嘛！

因为老婆不善待疯女儿，老高只好带着女儿来大城市打工，在远郊租个小房子，白天把女儿反锁。休息日老高仍去小区收点废品。一来这几年因为疫情导致收废品行业垮了，重要的是老高年老又身体半残，所以收入也有限。可他的那个老婆却永远不清醒，天天打电话就是跟他说"老鬼，这里没钱，那里要钱"的，好像老高手里的钱只要打开水龙头便流到她手里似的。

老高非常不耐烦，手机啪地关掉，眼睛却看着身旁那些与他没任何关系的女人,叹气呼叫,真爱呀,真爱在哪里!又老心不死地回忆从前有些钱时勾搭过谁的女人。又夸他自己的闺女,那么好的美人胚子,可惜了生毛病啦!又埋怨女儿其实是想她那扔在婆婆家的儿子疯的,又不是我高家人,想他干吗。

休息时,他就这么自说自话又带点儿自我吹嘘。很快,电话又响,这回是他孙子在视频里,大呼小叫指使他说:"呵哒高老鬼,胆子大了敢搁我奶奶的电话,打钱来,我要吃肯德基!"

其实,老高女儿的命运就是他们夫妻俩造成的。

当老高年轻力壮能赚到钱时,以为好日子一日不会结束,没有教女儿为人处世,只是简单地做白日梦等待有财富的人家接续他女儿的富贵命,岂知富贵要靠自己去辛苦劳动才能获得!看那老高的老婆,管你穷富,坐了伸手,连亲生女儿的处境都不过问,直接抛弃,还不让女儿去见亲儿子。

而这个高公主,也被幸福养大,然后毫无幸福。

多年来我听过的、见过的事太多了。很多人都在夸张,都在攀比,看见人家几岁的小女孩好看便一边倒说,啊呀,长得真好看真好看哩;啊呀呀,将来嫁给有钱人啦!不想想那有钱人没事闲的专等娶你家姑娘吗?又如,几个女人在一块,攀比谁家女儿读书好,那个当妈的自己脸上先笑成一朵花,无比骄傲地表示:"啊呀啊呀,看我女儿读书这么好，我绝不叫她刷锅洗碗，读了书赚钱便好极喽。"好像不做家务不煮饭吃就是高等级的人啦。

一句话，只有动物从来不需要做家务，它吃生食、臭食都可以，人是因为进化到高级动物了才精细打理生活中的一切琐碎。

而那些手里有钱的男人，或父母手里有钱的男孩，如果他也是在浮夸的家风里长大，他眼里在看什么呢？他相中那些与他条件比肩的姑娘，并且脚底下画"不"字——不合意即换下一个，甚至把别人当玩物。而一些条件普通的男生，也要么在家里宝惯了，要么等天上掉馅饼那样想娶到有财又有才的女孩，好让自己走捷径。

所以，当下的年轻女孩们，既要努力挣钱，又要头脑清醒，道路长且阻，眼光须长远啊。

做人的智慧

过简单的日子,做微风实的人。
好好说话,也是艺术啊。
当别人绝望时,
　暖语一声千金裘啊。

我们应该有灵魂地活着

人格者，为人的格局，格是个体间的区分，局，这里指个体思维、认知所达境界，包括纵横两向。思考有层次，眼光有深浅，还是说事例吧。我邻居的俩儿子都大学毕业结了婚生了孩子，大媳妇一天到晚像个无事忙似的到别人家水槽洗衣、洗墩布，别人已经不耐烦了，她仍在整日价说她穿名牌，吃名牌，啥都是名牌。她女儿三岁，耳濡目染的，小小年纪就抬着高傲的头不向我们这些长辈打招呼。有天这女的又开吹了，我问她大脑能换成电脑芯片吗？她说不知道。又问我干吗呢，我说把大脑换个电脑芯片也许更正常些！

她正待生气，我接着说："你天天这也名牌那也名牌，但再好的衣料莫过于棉麻，然后，电动缝纫或机器压烫接片；再健康的生活原料不过是五谷杂粮，简单煮熟，要么再加一堆添加剂。你所谓的为奢侈付的钱大多为财团添瓦，而有钱人为了更有钱挖空心思祭出人人富贵的旗，我们实在没见过穿贵的衣服的人能因为衣服好看到哪儿去！"

人们都讨厌自视甚高、自我吹嘘之人，但大家又都喜欢背后嚼舌根，这次我干脆给她切一刀。我说她还有其他原因，就是这女的没把她婆婆当人，有一次还动粗。这一次之后，她果然没在我们这一圈邻居前瞎嚼舌根啦。

而这家人的小媳妇处事非常和气，她有一对龙凤双胎，还在教走路时就教他们自己用勺子、筷子吃饭；两岁出头就学溜独轮车，自己的用品收进拿出各自归置；三四岁时择菜、扫地、洗袜子、架板凳上水槽洗碗。这就是优质的家庭教育。我的另一家远在宁波的亲戚，夫妻俩也是普通大学生，我去时，见他俩一双小儿女也是这么培养，那个三岁的儿子在外婆做豆腐时会帮着打下手或晒鱼干。

同样是福，这是造福。造福是无穷尽的哦。

而享福呢，如同啃一条猪腿，肉吃完后剩骨头，骨头再啃光呢？福便消亡！

人区别于动物之处就是人会思考与劳动，但这观点还是不全面，因为动物都劳动的，松鼠摘果，狸猫猎捕老鼠，野猪拱土洞过冬，鸟筑巢养育雏稚。可社会发展到今天，为什么偏有那么多人急切地要张扬炫耀，认为什么都是自己最好，自己最棒？我们看"棒"这个字的造型，三个人、牛没角、全是木头，它的实用价值除了胡敲乱打一气，派不了其他用场。所以啊，当听有人说这话时，别过早高兴，想想具体的啥玩意儿吧！

我们应该有灵魂地活着。很多人吃好的，追求美食，看网上哪里出了个名吃,坐飞机去。又穿好的,查网上某品牌的衣服花很多钱买来,如果没钱买,就天天在嘴上宣扬,表示很懂时尚。那些人喜欢哪些名人,也时时放嘴里谈论,为的是显示自己天文地理全通,其实就吃饱了无事忙和包打听,鹦鹉学舌罢了。而对朋友、家人、熟人,有点儿什么事便说风就是雨地臆断一番。

我有一个几十年未见面的同学,在县城的一条小巷子里做早餐生意,告诉我她赚了钱现在有钱了。这很好啊。有天我托她给我找一位多年未见的乡邻,请她给我要来电话号码。找到了,她对我说了一通,啊呀老王找那女人干吗呢,她丈夫是个懒鬼,她儿子媳妇不孝顺她,她自己穷得出家去了!

我有些好笑,劝她看人不可以这样听什么信什么。我同学对我的话很失望。其实给我同学传是非帮我找乡邻的那个女人,她自己被丈夫日复一日地家暴,四十出头丈夫死了,她便去县城卖烤红薯为生,认识了我同学,本来是受了那么多苦应该有同理心吧,呵,她却打门缝里看见了别人原来比自己还不幸,觉得自己太好了。

事实上那位出家多年的乡邻,当年生病痛苦不已,儿子也游手好闲,儿媳妇好吃懒做在家躺平,把儿子赚的钱吃光花光还整天搅扰家里。她去寺里赶庙会听到大师讲解人生,便放下肉体和精神的双重痛苦,欣喜出家。倒是那儿媳妇懒不下去了，家里没现成饭吃，被娘家教训一顿醒悟过来和丈夫去成都开了家打印店，边带孩子边做生意。我的那位乡邻离了不好的家庭环境，心情通畅，多年来再也没生大病。哪里就是她们眼里的很不幸呢？这都是人的眼浅，一般人都这样，只认钱，当钱是一切！

有些人只活在穿衣吃饭、纠缠于钱多钱少的动物一般的层次，我不愿意这么活。所以人区别于动物的本质在于，人有深层的思想和智慧，能有灵魂地活着，而灵魂存于德。

浅显说吧，当人吃肉时，本能地给流浪狗一根骨头便是德。

千堆雪 布面油画 60 cm×40 cm

浪涛拍岸　布面油画　60 cm×40 cm

扎扎实实地做人

浙江是富庶之地，而我三十几岁去浙江，是出于年少时听广播里的越剧心生喜悦而想去那里成家，我想，那里的人一定也是这种调调说话，那里的环境也一定是这么清和，不像我故乡的人们吃多了辣椒骨头上也能擦出火星，丁点儿小事就吵闹不休，我天生厌倦。长大后做生意，和浙江人打交道见他们处事温和得体。我现在定居的家在海边，天台山的余脉，干净温暖四季如春。旁边的古远石板官道，李白走过，徐霞客走过。

唐诗里描写这里：台州地阔海冥冥，云水长和岛屿青。唐诗里还写：南朝四百八十寺，多少楼台烟雨中。以及写夜景的：响遏行云横碧落，清和冷月到帘栊。至今古风犹在，如仙如幻。我理想中的遥远的小镇，有一间屋舍，看天空和海浪，听风雨与飞瀑。这地儿无一不有，足以安放我的心，灵魂也可在此修补。

很多人一辈子没出远门没见世面，但越是这层面的人越无来由地感觉良好，看不起外省人。我在浙江也遭遇过这样的排外，对此我反问他们，浙江是你家的啊？你去过哪里啊？

浙江有种好民风，信奉众人拾柴火焰高，往往十来个乡邻就能结成一个小团体，每月各出几百至千来元，集成一笔小资金，轮流帮团内用于经商或家庭大事，不产生利息。很多老板都是这样由小笔筹款做大，所以大多老板发财后首先回馈感恩自己的故土乡亲。我当年建房装修房子想和村邻入社，他们一直拒我于门外，所以我吃辣椒的火上来很大，交代女儿将目标定在好大学，以备走天下的路，赚天下的钱。那些年我用所有的工资把房子装到精致，这是格局！让浙江人看看湖南人的霸气。洗脸台我用了一整块瑕疵不多的玉石打磨而成！

我这丈夫把自己整成半无业，对家里毫无帮助，我独自买车给刚工作不久的女儿，好让她在客户面前有脸面。此外，大小电瓶车我也都置办好，方便家里使用。这时候，我丈夫的表弟见我事事都处理得很好便大胆借钱帮我。

后来，在我们那一带村庄和镇上，大家突然转变态度，变得十分尊重我，每次遇到我都笑脸相迎。做生意的都叫我先把东西拿去啥时给钱都行，因为我啥时也没短过别人钱。

镇农信银行的人也都认识了我，在我丈夫经年累月吹嘘下，别人都知道我老早就生意做得很大，请过很多农业工人，所以，吹鼓手很重要的哈。银行的人一见我便问我做生意吗，十几万元随时签字，低利息。那时我五十出头，心力交瘁，心境早非当年，大环境好像也不适合经商了，我便没有再动手。

但我扎扎实实地做了一回人，那么简单，那么靠谱，那么一往无前。这个人生经验啊，也是靠胸怀和气度得来的，只要把自己做好了，就能有所提升。

高贵的孤独

杜甫写大宛名马,我最喜欢那句"所向无空阔"!我一直喜欢漫游,在一个地方待不住,后来到北京听有人在报道里叫我"漂族",便把自己生年日月推算究查一番,发现还是因为五行严重缺土,火又不旺,唯木多水旺,这不,无处生根,只得漂着。因无土安根,所以我注定两腿乏力。而我家里那一位呢,命里多土,所以纳水,我见他便生欢喜,缘分便是这么来的。但老天只狡黠地给我一片土地和天空,便坐下去下棋啦。本来土主财,可是我丈夫命里土太多,土多金埋,压得他愚蠢之极又挪不动身,只有守着金碗讨饭的份儿,而那给饭人就是我。

说这句时,老天正哈哈大笑哪,我无土所以借的他方之地,不比当年刘备借荆州,得给予地租方才成立。我又是天性靠谱的人。只是许多外人对此不解,问我你想家吗?你干吗不回家?我当然想家,但是你见过一条船从来只停靠一处河湾的吗?有,小渔船。还有,废船,它不走了,搁浅在沙滩歪歪斜斜地等待天光漏入水中,雨水汇入潮水。

可我从来是艘大船，可以折叠，水陆任行，只爱江湖。真的，我在家老生病，但只要做下一步计划，去一个地方，便好了。

我的故乡新化，境域辽阔，风光旖旎，它有那么多好地方，我走了大半生也没走遍。所谓乡愁就是惦你所怀，念你所思，那些人与事，那些吃喝玩乐，说白了，会有人从那里找到灵魂舒适之所，但我没有。我天生只是那里的过客，苍天将我吧唧一扔，是为的在那个名字华美叫曲歧湾的小村庄与我的父亲见面并生活一段人生。2017年我在福建学画，有天说了句不怀念故乡，林正碌老师批驳说我不懂感恩，无情无义，他不理解非常正常，我浅浅一笑，又浅浅一笑。

可是，我的故乡是个好地方啊，我这不还有一位爱我的乡邻吗，我走投无路时，她把家里唯一的一点儿肉炒了留我吃了三天的饭，一再祝愿我东山再起。我最小的姐姐，年近七十，怎么越老越活得明白，记得我种种好，说我实不该落至如此清寒，这不，我总想着去看她们的。

奇怪的是，我大姐、二姐，还有好多很有钱的人，觉得无聊、忧戚、孤独不已，这是他们告诉我的。因为他们从来只想着自己，而自己心里又空空如也，举目（不用拔剑）四顾心茫然，就是那写照。

相反，我早已弄通了生死的问题，关心自己，当然天经地义，但全白费，不信你抚摸自己试试，有啥好受用吗？基本没有。关心别人，才是真正关心自己，因为你看那个"德"字怎么造来着，古人是从右往左的，誓死一条心，合二而为一。老天给人的任务就是分工合作，让别人好，自己才更好。德，是天给的作业，人人要写。当然有人反驳我，德，那是十四人一条心，而不是誓死。那么好吧，我为你讲解十四这个数字之意，十表示周全，四，表示四个维度即全面之意，在古语中，十四代表非常吉利的环境，如果一个人在这一个日子出生，那么恭喜了，他一生环境优渥，贵人连连。十四一心，即所有内外上下团结一心，天地合一，即为德。我在这里详细解释了德的意思，单把这一字弄通了，谁还会孤独吗？

如果有人因有德却被众人误视为孤独，那么，这个人必定存在于高贵的孤独中。

接近每一种美好

艺术就是生活状态的一种。
比如吃螃蟹，吃着吃着
就体察出海水与淡水螃蟹的体味
后来，就吃出了一种文化。

什么是审美

一

有一首小诗，袁枚写的：

　　白日不到处，青春恰自来，
　　苔花如米小，也学牡丹开。

我打少年时读了这首诗，非常神往，记了一辈子。不关乎诗，单为花美！在我幼小的时候，父亲有个大园子，园中梨树粗大到需几人合抱，果子狸在月色明亮的夜晚老远打河岸的灌木丛跑来偷梨子，它们上树如履平地。树身底段的凹处长了厚厚的橄榄色的绿苔，在初秋雨季不再来时，它们干枯了随树皮一起剥落，可来年春风起时，得点儿小雨便浓郁地又生出来，到初夏，不单这里，瓦屋的墙脚、破陶缸、给鸡盛水的底座，所有的苔藓次第花开！它们让我非常着迷，只要父母不来管，我便在泥土地上，或跪或趴或坐，看那苔花极缓极绚丽地张开，我一百次又九十九次地想起父亲讲的故事里的田螺仙女，她一定住在那些曼妙精致的小花里，她故意不让我见到。

苔花有深红的、嫣红的、绯红的，它们迷人地绽放，比奶奶的缝衣针尖大点儿，中间还伸出一根更细的花蕊。这苔花，便是上天给我的福报，让我尽享童年的欢乐。长大后的无数岁月，我能苦中作乐突然发笑，便缘于记忆中各种美好突然闪现，别人来问，我说只可意会不可言传。当我十八岁时，借了邻村三少爷买的诗选读到这首诗，与作者产生了相隔几百年的共鸣，又羡慕袁枚那么有才华见了苔花能写成诗流芳百世，而我只能感受却无法表达。

可那天有个性格非常好的北方女孩来，她做足了功课，又恰恰小时候也细观过苔藓却没见它开花，她问我微博里关于苦苔石的名字的由来。我们聊了苔藓，说到苔藓的花，告诉她我喜爱它，也爱石，阴处的石也爱生苔藓。苔藓味微苦，而苦在南方是个好东西，苦瓜呀、黄连呀、艾梗呀，这些苦味植物是药也是食物，能祛火消毒。那苦瓜，村里牛生病，便捣几斤苦瓜汁，一伙人将牛制住，用竹筒装汁给它灌服，次日牛便好起来啦。我喜欢苦的东西，也喜欢苔藓和石头，于是就有了苦苔石这个网名。或许，这也是我的命运的隐喻。

二

在我的眼里，美的人和物多不胜数，哪怕一丝风摇曳树叶，一丝雨划过细微的银色，甚至一只种公猪口垂白沫奔向母猪时它眼里的亮光和吭哧吭哧的情话，那些场景与《诗经》中描写的"氓之蚩蚩"同款美妙。别误会哈！《诗经》里描述的氓一类的男人，如今仍大有人在。氓见了喜欢的女子，嗤嗤地笑，朴拙的美，后来氓又去交好别的女人，男人天性使然，只要有机会便去造人同时也造孽，单为那个过程对他们有不可言喻的美感享受，他们却不想担责任！不信你看看现实中那些对孩子不教不养的父亲，有的就算长得美，但在很多人内心中也会觉得丑陋。事物都具有一体两面的特性，美丑可同源，阴阳可一体，我可以跳出现实观人与动物等行为天然的美感，也可以感受到当事人的种种痛苦。

一个女人，一个坚毅且释然的好女人，如果她自己身边的男人如此，需要多少心药来医治自己并恢复自己生活的美好？

我的出生地名字叫曲歧湾，以新化的土语发音说出来叫"丘裘"。而它的东面大村叫北渡，那里既没河又缺水，真让人不懂占这么好的名字，但渡哪里去啊？北面有白杨坪，西面太好了，一大串村子全是好名字，如金滩塘、柿金山、龙爪坞……当遇见一年中的大节日,十里八乡的村民或祭社,或比武,或修公共水坝,聚集到一起,各报来地,多么气昂昂。唯独我们曲歧湾村的人不吱声,因为觉得这名字太土且有些古怪拗口,只说,我们打哪个村来明知道还问啥,要么就说,问剩下的那个村名是我们的。还有土语"丘裘",是往陶坛里装腌菜或母鸡抱窝的拟声词。

不光大人们嫌弃,我们一帮少小儿童在一起,也埋怨从前谁给取了个这么老土的村名呢?

几十年之后,我读了一些文言文如《诗经》《离骚》等好些书后才恍然大悟,我出生的那个村子几百甚至上千年前居住过何等高雅之人啊,他为这儿取了如此华美的名,曲歧湾。它东面的猴山、天子山,河西岸的茅塬、回声崖都只为曲歧湾而存在。

在这个村子上游,三江口的水汇来如龙腾般转成S形,一湾又一湾,或者也如太极那道阴凹阳凸之间的图线。河岸有各种奇岩怪石,岸边罗列着古老的巨柏,溪涧打天子山末端汇入,小路弯曲从石顶上爬过,有一片稍倾斜的肥沃冲积水田,重要的是,这河湾里有无尽的沙金,几百年来人们淘金度日。曲歧湾中的曲就指河湾的流线,歧指这里起伏错落的地形。退一步说即使写成丘裘,也是描述的田地富饶人们穿着华服啊。知道了这些我顿感豪情满怀,对苍天让我由此降生感恩不尽。从前不懂它名字里典藏物宝，如今知道了便顿生怀旧乡愁，希望回到故乡，回到那些伤感的秋天，观落叶在河湾的浅水里漂浮。

美的范围太广，一切与我们的生活及精神状态相关、让我们愉悦的东西都属于美。暖心的话，催人奋发的激情，雄健的体魄，舒适的住宅，得体的穿戴，适度的友情等，凡是能使人生更丰富更升华的都属于美。

有句话叫留住美好，可很多人不是这么做的。比如我认识的一家，建了好端端、光溜溜的房子，天啊，当我去参观时，地板、浴室霉迹斑斑，吃过的、没吃的、用过的、待用的堆在桌子上或者衣服架子上，电视机架下的台桌上也堆积着各种网购品。厨房不久前才装修的，大理石台面锃亮，这会儿台面以及地面堆积着食品袋和各种生熟食品，餐桌上满是汤汁、油渍，甚至在门后边还有个当过鸡窝的破竹篓。

主人见了我便说，瞧，我家东西多吧。

我实在无语，主人介绍说他们结婚时的衣服、鞋子还留在衣柜里，那时他们共骑的自行车也扛上第六层去了。我说何必呀，好多都该扔掉的。对方好声好气地告诉我，这些都是人生记忆，每件物都是一件事，要留住美好，何况万一旧自行车上的零件哪天用上哪。

没办法，人们有钱了，网购买的无数衣服、鞋帽、玩具凌乱堆积，分开来全好看，全有用，却破草垛、干牛粪般堆得一塌糊涂。

所谓的留住美好是指精神上的,而不是有钱了心更穷,这些堆积的东西一天天过时变旧,在屋子里生出细菌,何谈好日子,何谈美好?

我每年都清理几次屋子,凡用不上的,通通搬去扔掉。后来便节制自己,可有可无的东西干脆不买,客厅里连沙发也没摆,一是经常不在家,二是回来了也特忙碌没空清扫积尘——更重要的原因是,沙发一摆,我的丈夫更懒得不挪身子了,躺那里看着大平板电视,人更废。所以我的简单其实是实用,是为了日子完美。

杜甫有一句诗,"步屟随春风,村村自花柳",即走过路过不可错过,我们见到过的进了脑子的便已属于留下的美好,而不是往家里搬一大堆东西让它们变成破烂儿。

后来我画画了,在山边地头张望,人们自认为很理解,对我说,哦那个,你在寻找灵感吧?啥灵感呢,我画自然里真实的东西,把那些不可言传的美感附着,当天南地北的网友都指着它哪处哪处的好时,这就是得到共鸣,他们都能从我的画里感到心灵震撼的美。

不是我有灵感,而是我画出了物的灵气让大家都有同感。

我喜爱石头,喜欢它每根岩浆的线条,每处分化的伤痕。在相遇时,我听它讲述亿万年来的故事,它凹陷的崩溃处，以及它不懂、我们也不懂却近在咫尺的悲哀。当我画出石头发在微博时，网友们一眼就打我笔下的石头里读懂了很多故事，并愿意让我的画陪伴他们。我的画不是闭眼画出的，除了师法自然，我还看书，临摹、学理论、去观摩各路现场作画，所以我的画拙朴却有坚韧勃发的生命力。

我读书，观成败，当我明白画画养不活自己时，便勤勤恳恳地干一份体力活以使自己活得尊严而体面。画画其实是个磨炼人的活儿，我做不来敷衍了事，一直在摸索中寻求进步。

其实画画画的是人心，我之所以历练到如今这样强大的内心，是因为得到了阳刚的灵魂之美。说到阳刚之美，聊点不是题外的题外话。

秋天我在大院里做核酸检测，一个年轻女子带着一双儿女在排队，男孩是哥哥，女孩是妹妹。男孩七八岁，见花下的泥里有只爬虫，他去抓抓，数虫子有几条细脚，见到树枝上有个吊丝虫的茧，又去撕开看虫是否还睡着没起床呢。然后又见一根枯木头搭在一块石头上，他反复跳过去又跳回来，乐不可支。他的妈妈一再呵斥并威胁再不消停便抽他。我对女人说："干吗要抽他！一个男孩这样子很正常又健康，他观察又思考，很难得。"

女人疑惑地望我，问是真的吗？我说理所当然是真的，应该如此！她放心了，男孩又开心地边玩边跟着排队。

回到前面的话题，所谓灵魂的阳刚之美，就是亲近自然的勇气，不怕自然中的脏，不嫌弃自然中的丑，如此，便感受并享受到了这种美。

在读书与亲近自然中提升审美

一位从云南山区努力奋斗去了澳洲定居的年轻女子和我沟通，发给我她家乡的风景照片，她家低矮的瓦顶墙头长出大片绯红的葱叶兰，她的猫在窗洞里睡懒觉，她的土狗在院落的花盆里喝水，这些稀松平常的事儿她一律抓拍到了灵魂的瞬间光彩！在这个阳光充足的腊月初九，在北京寒风卷地的冬日，她和她的小名乔乔，带着所有遥不可及的索求乘着华梦，扑面而来！我和她隔着无尽的天空相遇，这一天，我得到了天马行空的逍遥与快乐！

好些人问我到底脚离地面怎么个行走法，我觉得，就像与乔乔的这种灵魂相遇呀！

乔乔告诉我她学过画画，所以会拍画。可是我见过那么多画画的人，很多都拍得不好，大多画画的人在画别人的内容，很多想画原创的，他们拍的内容也没有灵魂。这里我再提灵魂，我们需要养自己的灵魂，这事儿对很多人不容易啊，灵魂，靠不断地读经典的书，和自然亲密对话才能拥有。比如你能走进一颗未熟的大麦或高粱的心里，你能在一株芦苇的花丝与秸秆里住下做一个梦，你能去亲吻秋霜里的落叶，那么灵魂便能跳出来与你对话啦。

我们需要挣钱养家糊口，挣钱过富贵的日子，但有钱没钱与灵魂独立是两回事。一切留存于经典中的人物，他们都在以灵魂的形式存在并照亮着我们！

年轻的乔乔那么谦逊地夸我有天赋，说她自己从前画得死板，可她把自己的猫的双眼画得仿佛装下了满天的月光和星海，还心态如此平和。这是一个人在经济自由、人格独立、内心强大时才拥有的抬爱别人的大胸怀。

我一再劝年轻的小朋友们放下无知的任性，抛弃"我最棒"那个"棒槌"，广泛地读书，广泛地思考，不人云亦云，从细小处着手，付诸行动，就能慢慢提升自己。哪怕你在窗台上的小花盆里种几棵菜，或撒一点儿小米在窗台等小鸟和斑鸠来吃也是了不起的开始呀。读书是自我教育的开始，能让我们不断反思，摒弃自身缺点，自我完善！不能一味指责这里那里道德缺失，又指责东边西边教育制度不合理，却什么也不做。世上没有完美的事物，不去无能地嚷嚷，不做人上人的鬼梦，每个人自我修养好了便会形成谦谦君子为主流的社会。只有无知的人才成天指责、怪罪别人，自己却活得自私且无能。

当下，很多人一味地只追求钱，且不说钱和幸福没多大关系，至少有钱人并没那种人们幻想中的幸福。说白了，关于幸福，其实是有幸造福，绝没有天上掉馅饼也掉幸福的事。想凭空白捡幸福，那就去农村地头，那里扔掉的歪瓜裂枣、空心萝卜很多，也都还能吃，若是回到饥荒年代，那些都是财富哪，比树皮、野草好吃多了。

世俗社会，好些人憋着一口气要做人上人。做给谁看呢，也没谁踩你头顶啊。任何时候任何年代，都要做脑子清醒的人，你看这几年，有好多人被高薪工作、美女交友、做生意赚快钱等低劣手段诈骗，受苦受罪事小，很多人甚至家破人亡了。

但凡多读一些书，不鬼迷心窍，明白一些简单的道理，也不会被骗得家破人亡！

读书，无非就是为了把平凡的日子过好，日子好了，再接着读书，是为了做更有品位的人。我们那些伟大的航空航天、工业、农业的科学家们，人家作为栋梁之材让中国立于世界民族之林，我们这些再平凡不过的人是跟着他们才过上好日子的，可很多人沉溺于纸醉金迷，只知道享受肤浅的娱乐，唉……

请脚踏实地以凡实之心做人吧，别做自私的人，没有谁的头顶容你践踏。幻想踩着别人做人上人的人，别人都会离他而去，这种人会跌得很惨。

所以，做人之道，就是读书、思考、实践、提升修养、行君子之道。

多游历，对美的理解会更丰富

游历之前自己困惑太多，对一切充满了好奇。

我家屋后不远有座小石山，整座山像是一个整体，小山顶的石千奇百怪，有的像曲折石穴，有的像歪曲石门，还有的像斜转圈洞，以及像石臼、石槽的和戴帽子穿长袍像神仙的。小时候的春天我几乎天天在这石林里玩。石间生着羊奶子、算盘子、山毛榉、树莓、五叶草莓、山笋、石姜、地柳丛、葛根等，还有我父亲可以挖来治病的各种草药，反正应有尽有。我对每一块被苔染灰的石头说："出来给我讲你的故事吧。"期待它冒出几缕青烟，从缝隙里闪出蚂蚁大的小人给我说点儿什么。

可是，没有。可是，我也没有失望。

我家西面有条不小的河流，我家住高高的河岸上，挨着河岸有一条由北向南修到曲歧湾村为终点的旧铁路。这路在民国时便已修通，新中国成立后，当地在二十世纪六十年代后期重修这条铁路，到湘西后，它连通湖北、贵州、四川，即使去云南昆明的绿皮火车，也是由此绕过去，所以新化虽是一个县城却是非常重要的交通枢纽。1973年通车前，我们一大堆小屁孩互相竞猜火车会是什么样子，于是我使劲想象啊又想象，照这么大的路，还铺铁轨，肯定是一大串又高又长的黑箱子拉着走。后来通车，真实如我想象，火车货厢全是黑不溜秋的有盖没盖的大长车厢，这让我为自己猜对而闷着得意了一辈子。

河岸也有好多小路可以下到河边，河边有一处迷人的圆石台，上边有土，长满菅茅草，春天开金银花，石缝里长苦竹笋。我起码不止一百次地在清晨露水很多时去采那些夜间伸长出地面的山珍美味，看河水在此撞击崖脚溅开水花又消沉再变成急漩往北流去。我在那么小的时候便喜爱这种甜蜜的独处。换了现在的父母早就吓坏了，可我父母亲从来从来没操心过我，甚至没说半句要小心啊。后来我以为女儿也会有这种喜爱，在她三岁时抱她去大河边，她吓坏了，才几分钟便哇地大哭说快回去吧，于是我便再没这么干过。我最小的姐姐还在河段上游悬崖下开垦了一小片淤沙地，很肥沃，种蓖麻和西瓜。夏天的傍晚她去挑河水浇灌，让我去陪着去，她还打家里偷半瓦罐醪糟甜米酒带去吃。因为她经常打我，我便把这事告诉妈，可我妈没理我。

西瓜真甜啊，可才吃了几个，其余的全被曲歧湾和颜家口两村不知谁偷吃光了。后来我教村民种果苗赚钱时，他们夜里偷挖我白天种下的果苗又在白天按株点钱卖给我，我没说不是怕他们,而是就以此判断这种人的人生走不远。

秋天我四姐的蓖麻敲打出来卖了两元钱,花一元五角买了块布料自己缝成上衣,后来她再也没种这玩意儿,那块地也被曲歧湾本家的堂兄抢去种菜啦。

因为这条铁路横穿河水,于是在上面架了大铁桥,把我们曲歧湾分为上下两村,打下曲歧湾的田边那里有一大片肥沃的河滩地,年年雨季涨水冲来大堆白亮的沙,沙里多的是愚人金,抓一把沙在手,吹口气,愚人金皮屑般纷纷飞扬。

这些全是我好奇不止的东西。

河的浅岸夏末有出壳的小甲鱼爬游,我抓了好几只藏在猪草筐里,可回到家里却发现已无影无踪,它们哪去了呢?这条河到底打哪里流来,它上游的上游什么样子?当我长大,一位两腿有疾的年轻人来我们村教姑娘们做衣服,他生得好看又非常聪明,他告诉我这条河就打他们家门前流来,那里有一座天公作美的石头山。我问了地址,在秋天高旷的天空下沿河而上三十里,去看了那座精巧的石山,也去了青年的家。他的妈妈也非常漂亮,家里很多人,他也在,但他们认为我是对他有意而去的,就算有九十九张嘴说我多么多么地迷恋奇石与河流,他们也绝不会相信。我讨碗水喝匆匆沿河的另一岸走回,因为那边有我向往的各种人间烟火的陌生村庄。

年轻时不敢嫁到农村，不是不爱，而是到处重男轻女，更容不下一个儿媳妇满天下浪逛漫游，他们会逼你生到有儿子，有很多儿子，至于这些孩子怎么成长，天晓得。很多很多年以后，我读到了杜甫的诗《负薪行》：夔州处女发半华，四十五十无夫家。更遭丧乱嫁不售，一生抱恨长咨嗟。土风坐男使女立，应当门户女出入。十犹八九负薪归，卖薪得钱应供给。至老双鬟只垂颈，野花山叶银钗并。筋力登危集市门，死生射利兼盐井。面妆首饰杂啼痕，地褊衣寒困石根。若道巫山女粗丑，何得此有昭君村？

这首诗描写夔州地区重男轻女，男人即使成家也不种田耕地，而是让女人干。那是唐朝啊！妇女有一定的自由，很多女子选择不嫁，未婚的女子垂发，所以杜甫见她们时，老了白发垂飘，她们打柴卖，搭伙贩盐去邻境换取食物，虽也悲惨但胜过在夫家挨打受欺更受穷。早在几百年前，广东、福建沿海一些女子选择不婚，大胆随船队去南洋创业或挣钱，当她们老了回到故乡，便合盖一处女庙共度余生。

但我从来都有强烈的愿望要成家，只是一定要择一个不束缚我思维和行动的人。这么个人也有幸碰到了，就是我现在家里那位，老天深知我的前世今生，让我如愿。

最早的游历只是为了看风景与满足好奇心。到我做农业技术的事时，去了县里好多乡镇的山地果园，发现山沟里隐藏着那么多美轮美奂的景致，还见到了一种枝头如柳枝垂发那样的原生李树，它紫红的叶，雌雄同体但产量低，果大而甜。我才知道游历还有很多未知的美好。我学这技术时，教技术的人说这种树种打外国引进，果绯红。然而我发现这种树新化的山区便有，那棵树，看树干的沧桑，它至少八十年左右了，我便觉得有幸见到是由于老天爱我！老天一再爱我，让我拥有伟大的幸福，这可遇不可求，绝不是钱买得到的。

在我幼时，常有年轻的少数民族女子穿着百褶的黑裙背着孩子来我们这里沿村讨饭，村里好事的女人有时候会对她们恶作剧。但是我看见女人身上藏着又白又大的桃子，那是携给背上孩子的零食。趁爹娘不在，我量一大碗米加一碗饭换她一只桃子。女子只舍得给我半只桃子，我也收着，去屋后苔藓上坐着啃食。

太甜了！我永远记得。女人说过她打溆浦县山里来。当我长大做果木新品种时，立马奔去溆浦县的山区，二十年过去了，那儿的人们还在种这种白桃，有的村子整座山整座山种这种桃，并且湖南省农业厅的农技工程师们早已发现这个品种，取名为白象。我立马建议我邵东的老师也接种它。我自己也接种，并于冬天在老家屋前空地种了几十株。天道酬勤，第二年春天它们一边成长一边开花，到夏天我就采摘到了自己的成果，又大又白又甜，还有香味，这才是幸福哦。

世间的美无处不在，可要说起审美的概念，各种设计师说一堆，各种语言学家、诗人说一堆，各路建筑师说一堆，各类画家也说一堆，把我们眼里的美表达成背不完的理论，何如学庄周一句话，"御风而行"，然后悠然于天地。这种状态，不就是美吗？

自己设计衣服

当今的中国社会,哪怕去偏远的乡村,也处处时尚,男女老少大都穿戴得体,穿漂亮衣服就像吃一日三餐那样稀松平常。

但在我成长的那个时代,虽然也有批发市场买衣服了,但要么穿得不合身,要么布料很差,要么设计得不过我的眼。可偏偏我自己又没学这技术,不懂剪裁和缝制,但也下决心自己设计款式画在纸上,又趁出差买到棉麻质感的布料,去找一个成衣店定做,这样子做出来的衣服能让我穿出自己的气质。

穿着自己设计的衣服出门在外显得风度翩翩,招来爱慕的眼光,更重要的是舒适宜人。

我这几十年都在缺钱或在缺钱的路上,可我又确实没崇拜过钱,这点我女儿也一脉相承。我那傻木的丈夫他这点好,只要吃饱就行,说来是我比他心高啦。但我对美的追求从没放弃,这么多年来也一直坚持自己设计或改装衣服,我现在穿的某些衣服就是买来之后自己又修改了的。

其实每个人都可以适当地为自己量身定制一件衣服，如果怕改不好，可以先用旧衣服试试。相信你一定会体验到为自己设计衣服的喜悦。

过简单的日子,做凡实的人。